i

imaginist

想象另一种可能

理
想
国
imaginist

木心全集

即兴判断

木心

上海三联书店

图书在版编目（CIP）数据

即兴判断 / 木心著 . —上海：上海三联书店，2020.5（2023.7 重印）
（木心全集）

ISBN 978-7-5426-6894-3

Ⅰ . ①即… Ⅱ . ①木… Ⅲ . ①散文集－中国－当代
Ⅳ . ① I267

中国版本图书馆 CIP 数据核字 (2019) 第 272270 号

即兴判断

木心 著

责任编辑 / 殷亚平
特约编辑 / 曹凌志
装帧设计 / 陆智昌
制　　作 / 陈基胜　马志方
监　　制 / 姚　军
责任校对 / 张大伟

出版发行 / 上海三联书店
　　　　　（200030）上海市漕溪北路331号A座6楼
邮购电话 / 021-22895540
印　　刷 / 山东韵杰文化科技有限公司

版　　次 / 2020 年 5 月第 1 版
印　　次 / 2023 年 7 月第 6 次印刷
开　　本 / 787mm×1092mm　1/32
字　　数 / 76千字
图　　片 / 3幅
印　　张 / 7
书　　号 / ISBN 978-7-5426-6894-3/I·1580
定　　价 / 58.00元

如发现印装质量问题，影响阅读，请与印刷厂联系：0533-8510898

2009

輕之判斷是一種快樂，隱之發見是一種快樂，如果，能欣享這兩種快樂，知識便是甜苦。然而只是輕之、隱々，逾度即滑入武斷流於偏見，子，配快樂了。這個「度」，這個子「可逾的「度」，子學家知道，因为了，知道，就是文學家。

——「己意来笑」篇 第二節

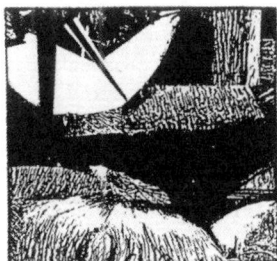

《麦可和麦可》初刊时的配图

即兴判断

目 录

上 辑

下　辑

上

辑

游刃篇

子午线的受辱

英国有个地方，叫伦敦。伦敦东南面有条河，叫泰晤士河。泰晤士河边有个台，叫格林尼治天文台。格林尼治天文台里有个馆，叫子午馆。子午馆里有条线，叫东西半球分界线。

子午馆，墙壁、地面，都镶有子午线——大理石，嵌铜条，清晰极了，此线当然有两侧，一侧：东经。一侧：西经。那还用说。

有钱的有知识的现代芸芸众生，都喜欢分开双腿，一只脚踏在子午线东侧，另外还有一只脚，真的，都有两只同样大小的脚，分踏于东侧、西侧——拍照，叫"脚踏东西两半球"。

我兀立在子午馆里，看众生喜笑颜开，各式的腿、各色的腿，分开了，拍照了……

为什么我雕像似的站在一角，喜欢子午线吗？喜欢腿吗？喜欢分开的腿吗？

我等人，等一个人，那人不愿脚踏东西半球，同伴们要他分腿拍照，他微笑，走了——我等他来。

没来，也许来在我之来之先，我之来之后。

啊子午线，当人们分腿威临于你之上，便有一场先验的追思弥撒，那样地在旁为你而悲怆，一批又一批游客，侮辱子午线，地球成了伎物，尽嫖它，一点也不爱它。

白色大灾

据法国警方的统计，法国百分之八十的吸毒者，年龄，十五岁到廿五岁。

波恩，卫生官员的统计，一百万西德儿童，经常吸，这种毒品，或，那种毒品，年龄，十一至十五。

意大利化理学家赛沙里尼说：那不勒斯，牵涉毒品活动的儿童，可以组成一支大军（胜过十字军）。

意大利吸毒者，二十五万正，按人口比例，可能比美国还要高（美国之高可想而知）。

这样，法国——十二万人。英国——四万。细小而保守的爱尔兰，也有六千。好，欧罗巴大致如此。

毒贩，利用儿童，运输毒品，被捕，何控告之有。家庭呢父母呢？全家唯一的进款，全靠儿、女的活动。

耶稣说，不像小孩子，就不能进天国。小孩子说：吸了，嘿，比进天国还要好——耶稣又走在旷野里……

最有办法的是上帝，上帝说：怎么办呢。

里米太太后悔了

马来西亚的里米太太，卅六岁，长女九岁，次女五岁半，儿子未满周岁，十一个月。一家四口正在戒毒所苦度光阴。

曼·辛格·里米太太对我说：怀孕期间，她一直都吸毒，子女出世便有毒瘾，毒瘾发，哭不停，邻人啰嗦了，她喂孩子以鸦片，只图耳根清净。

她说：一日两次，每次以鸦片二粒，勾水或勾牛奶，给孩子喝，喜欢喝。

十一个月的男婴，马来西亚最年轻的黑籍道友，近乎"天才""神童"一类。

曼·辛格·里米太太在电话中向我哭诉：一九七五年，当时，我忍不住对丈夫说，胃痛得要命，他给我鸦片，一吞就止痛，是这样，我开始了，直到现在，噢不，现在我戒了，他吗，两星期前突然死亡，太突然呀。他也吸，十年，我是九年，我真后悔，尤其是这两个女孩，一个男孩（以下只闻哭声）。

里米太太后悔了。

西班牙一套房

世界上，最昂贵的一个酒店套房，每天费用，

6

五十万比塞塔，折合三千五百美元，但泊车是免费的。

西班牙，马尔韦尔亚，迪纳马酒店，五一七号房。

阿拉伯的石油王曾住于此。现时及以往的皇室成员，曾住于此。参观过这个套房的，有已故伊朗王的孪生姐姐，阿殊拉夫，普鲁士公主玛莉亚·路易斯，及一批公爵、伯爵。

一共五个房间，两千平方米，面向地中海，浴室从1到8，还有具备卷浪的游泳池，还有绿草如茵、人造瀑布流得欢的平台。

此套房已被预定到本年底，谁预定的呢，迪纳马酒店有关方面拒绝透露，因为我事前叮嘱过。

高尔夫球王请安心

廿年来风尘仆仆，居无定所、食无定时，每晚（夜深了），躺在豪华的酒店里，好像是失眠，梦想一间雨声潇潇的茅屋。

不是我。是白勒仁·班尼士。谁人不知的国际高尔夫球星，艺之精，名之盛，"巨星"，不必谦逊。

人人羡慕他的免费旅行，班尼士，说吧，他说比赛压力大，一心了解比赛情形，哪有闲散投置名胜古迹。赛事结束，匆匆赶程，下一个……

与家人聚少离多，希拉莉，算是自小习惯了的，她父亲，也曾是职业球员。她现在还是爱班尼士的。班尼士形容自己比较幸福（幸福当然是比较出来的）。

儿子，有的，女儿，也有——两个陌生人。一声"爹"，彼此无甚感觉。爸爸而已，儿女而已。

当太阳从海平线上升起，当运动作为谋生的伎俩，每天除了比赛，便是练习。手指起了茧疤，背肌痛是一种必然性的体现（是个三段论的问题）。

班尼士还有希望吗，有，他希望，时光倒流，重新选择职业，一定，一定不做职业高尔夫球员。做什么呢，随便什么都可以。什么都不做，更好。

英国的天才是怎样诞生的

一九八三年，英国出生的婴儿，六个中有一个，是私生子。一九八六年，五个中有一个……

（六十年代，每廿一个婴儿，有一个私生子）

"英国是，私生子能获得存在权的，唯一的国家。"巴克尔笑眯眯地说。

统计学家巴克尔，认为从廿一比一，到六比一、五比一，英国绅士淑女，开放得多了。

私生子都很聪明，"廿一比一"的那一个，"五比一"的那一个，谁更聪明？

我认为"廿一比一"的那一个，胜于"五比一"的那一个。

问：何以见得？

反问：如果，英国，进化，五个婴儿中，四个是私生子——还都很聪明吗？

比黄金贵七倍

海关缉获毒品，价值百万千万美金，海洛因，鸦片的精华，美国、香港吸毒者，嗜之若命。

某次，迈阿密海关人员，在一架哥伦比亚飞机上，查获四千磅海洛因，请镇静，价值：九亿二千五百万美金。

昂贵的海洛因，身价，黄金之七倍。美国不法之徒，最大一本黑经，毒品交易，每年超过三百廿亿，相当于七大石油公司，收入总和的两倍多。海洛因，黑市售价：三千美元一盎司，你不信也得信。

耶鲁医学研究院，表明，经常用海洛因的人，头脑麻木，有时，并没注射，也有飘飘之感产生。缉毒人员发现，街头兜售的海洛因，只不过一点点真，其他是面粉、苏打粉、硼砂粉，瘾者照用不误，能过瘾。

每次缉毒，缉获毒品，市面上的海洛因，价格直线上升，毒贩要赚多少钱，主意是打定了的，毒品被没收，这些钱，从吸毒者身上赚回来，不少毫分。

富可敌国的大毒枭，他们不吸海洛因，衣冠楚楚，文质彬彬，会蔼然对你说：年轻人，珍惜青春，生命，只有一次生命。

去看苏丹人

全年万里无云，喜欢吗，烈日当空，中午摄氏五十度，五十度以上，喜欢吗，想吃鸡蛋，放在路上，几分钟，熟透，喜欢吗，苏丹没有雨，几乎没有。

面包、高粱薄饼，菜肴大多生拌。晨，放糖的红茶，几片饼干，不是早餐，早餐是上午九时至十时。下午两点半午餐。八点晚餐，蔬菜，煎煎烤烤牛羊肉，又来了加糖的红茶。

穿的更朴素，白，白头巾白长袍，女的纱巾偶有彩色。苏丹人热情（热情总是好的），苏丹人重礼节（重礼节总是不错的），喜欢交朋友（交朋友总是乐意的），特别是老朋友，久别重逢，快乐得要死（要死就是要活的意思），彼此握手而拥抱（这是谁都会的），不，左手搭肩，右手搂腰，启齿问候，殷切万分，如果你家里人多，亲戚尤多，朋友更多，那就别到苏丹去，苏丹人哪，问候你，问家属，问亲属，问亲戚，问朋友……你受不了时，便是你该受时。

我为何敢去苏丹呢，我，他们都知道，光我自己一个人，"你好啊"，下面就没了，开始音乐了，苏丹的音乐，是有件东西在不停地响着的意思。

你还是不去苏丹的好，我去，去去就来，为了有个苏丹人爱着我，为了爱，再怎样，也去，以为苏丹那边无人可爱是错的，任何地方，平均两千人中总有一个，是我喜欢的那种样子，那种脾气，如果我自己体健、心情好，五百人中也能找得出一个，使我着迷的人。

苏丹有名火炉国，我烧完了就回来，怎么，也去？那么我们一同去看苏丹人。

柏拉图心中有个结

我听说，十九二十世纪间，有个美国人，卡尔·V.安德，俄亥俄州生。

（——美国人又怎么样。柏拉图悠然道）

我看见，安德受聘《纽约太阳报》，十六年，后来，在《纽约时报》，工作，一年一年二十年。

（——近四十年又怎么样。柏拉图闭目道）

我证明，安德，根据埃及古墓、象形文字，判断四千年前，尼罗河畔，发生一起弑君案。

（——推论正确又怎么样。柏拉图燃起雪茄道）

我亲聆，安德和蔼可亲打电话去普林斯顿："哈，艾森哈特博士，您的文稿上，将宇宙的半径，算成了直径。"

（——博士认了错又怎么样。柏拉图用力抽了一口烟道）

我目睹，安德给亚当斯教授挂电话："日安，教授，您把爱因斯坦的讲稿，一个地方译误了。"亚当斯说："爱因斯坦就是这样的。"安德说："那好，是爱因斯坦错。"

（——后来事实又怎么样。柏拉图站起来道）

我去问，爱因斯坦笑着说："那天在黑板上抄写时，把公式抄错了。"

（——安德现在又怎么样。柏拉图捏住我的手道）

我告之，安德，长眠在墓地，他到头来，仍然是编辑。

（——这位编辑实在不一样。柏拉图泪汪汪道：实在不一样）

我就想，柏拉图心中有个结，没有遇到过好编辑。比之柏拉图呀，我是快乐又甜蜜，诸大编辑对我的文句，从来不挑剔，我写糊了写傻了，都说这样读来才亲切。

小费概论

（第一原则）千万别依赖"旅游指南"；莫妄想记住那些千变万化的"规定"，什么丹麦的计程车司机不收小费，法兰西国家剧院的带位员，是否会控告你"行贿公务员"……

（第二原则）每到一个国家，先兑些相等于美金五角、一元的当地货币，然后潇潇洒洒抛掉它们，潇洒的尺度：在酒店、理发店、火车站、飞机场，按美国惯例，略高一筹，相当潇洒矣。

（附注）餐厅，请留神，欧洲几乎都在账单上加百分之十五的服务费，请一瞥侍应生的眸子（不论是褐是蓝），有无阿拉伯数字在闪烁——你还是问一问的好。

（补注）当你把找出来的零钱，赏给侍者或司机，为何对方毫无反应？在比利时、荷兰、瑞典，其他斯堪的纳维亚半岛国家，小钱币 =0，请调整一下潇洒的尺度。

（参考）狄更斯发言：小费应该包括在账单中，我坚持，不该再附加收费，别宠坏了。（《匹克威克外传》

里的金格尔，也惯说"我坚持"，金格尔是作假，狄更斯认真）

巴尔扎克发言：有教养的上流人士，对车夫、浴室侍应生、任何传递物品的人，从来不会敷衍搪塞。（德·巴尔扎克的 de 不是白加的）

普鲁斯特不发言，他一贯付超额小费。（希望别人在这方面学他，不要在文笔上学他）

沙特习惯随身带巨款，有人问了：你这样给小费，想不想到有伤侍者的自尊心？沙特反问：否则，伤我自尊心。（后来沙特也穷了，自尊心不知怎样了）

今收到潘斯来信

一九四四年，五月，兵舰卡里普号，弗吉尼亚州→北非阿尔及利亚。军人们在舱里在甲板上，写许多信，交给阿尔及尔负责邮务的麦可。

麦可死亡，许多信没有寄出。就这样。

一九八六年，六月，杜拉家的顶楼，白蚁越发猖獗，请工人来惩治——翻出，这批信，报告邮政局。

要找到四十二年前的收信人，困难。努力把信件退给发信人，困难。美国邮局总长凯西说：我们不负拖延的责任，由于这些信件并未投寄。记者们，笑了笑。就这样。

潘斯六十五岁，战后，和他那位，那位未收到他的信的女友，结了婚。

凯西总长举行的记者会，潘斯，整了整领带，当众朗读，卡里普号上写的信，热情洋溢和洋溢热情。

站在潘斯旁边的裘蒂，笑容满面满肩，说，对大家说：我收到，收到这封信，真是高兴，高兴得要命，虽然，它，来迟了，四十二年。

潘斯和凯西和记者们，听着裘蒂的声音，也高兴，不过不是高兴得要命。

接着是，这则小品的读者高兴，作者呢，也一同高兴，忽然又不高兴，想起了战争。

夏闲三简

F兄：

在致别人的信上想念你，是不够的。

你说"哲学"是否就是"人"应对"宇宙"的韬略呢？哲学家都不觉识、不承认。李耳有所知、有所用。古哲学家强也正强在凭两三只棋子，能摆出这么些局谱。他们好认真，凭血肉之躯来思想，像自然那样不怕累。"自然绝不徒劳"，人是常常徒劳的，你说呢？比萨斜塔一天天地在徒劳。

李耳的理论，为了想与"以万物为刍狗"的那个对象周旋到底，李耳有底，不仁者无底，这样便起了景观，"有底者"与"无底者"较量，李耳欲以其温柔的暴力之道，还治温柔的暴力之身。败局是注定的，"有底者"输于"无底者"。不言而喻而哲学家还要言，那些刍狗呢，始终言而不喻，另一些刍狗，用李耳本来志在应对"宇宙"的韬略，滥施于制服"人"的阴谋架构中，此"人"以彼"人"为刍狗。李耳不是不知道，知道的，所以他想把刍狗们麻痹掉算了，省得他们相互撕咬，自在的不仁已经难对付，加上自为的不仁，就永无宁年永无宁日。但第一个绝望者是李耳，这个绝望真长，一直到现在，一直还得绝望下去。这样长的绝望，当然成了景观。

你所称道的"喜剧家"，不敢当，我至多是个手心出汗的观众。喜剧是供悲剧吃的羊角面包，早餐之前，悲剧为烤面包的香味所笼罩。

喜剧是浪花，悲剧是海水。然后，悲剧如云雾，喜剧是天空（多寒碜的比拟，虽然很想再比拟下去）。

我偶尔时常想起来就感到活泼的是，苏格拉底他也说写悲剧的和写喜剧的是一个人。我又时常偶尔想起来就觉得郁闷的是，当初苏格拉底如是说，他的学生、他的朋友，都在通宵长谈之后，惫极，蘧然颔首而去（有关苏格拉底的记述中，没见这个观点的充足阐发，仅此一句也是向来被忽视的），这是十分糟糕的象征——凡苏格拉底者，长谈通宵，仍然酌酒清语，曦光中沐浴，凡学生朋友者，总是惫极，蘧然颔首而去。

我的际遇，即一生所曾邂逅的学生、朋友，乃至师尊、长者、情人，在长谈通宵之后，无不惫极，无不颔首而去。他们走了，走得比希腊人快——如果说那是我不好，我谈得不好，我是谈得不好，苏格拉底呢，苏格拉底谈得那么好，不是人们也都走了吗。

没有苏格拉底是寂寞的，有起来也不会七个八个一同有。这里一个，那里一个，分在两国两洲，年代也隔得远，远远。所以苏格拉底者，就是寂寞的意思，而且，不寂寞就不是苏格拉底。

单论寂寞呢，是没有演员没有舞台没有观众的意思。伟大深刻而且完美的东西像皂泡，圆了碎了没了。所谓现代，现代人口口声声的现代，是演员少，舞台小，观众心不在焉的意思。你说呢。

神呀，真理呀，全是这样。

存在主义行过之后，才想起他们该说的话没有说。

今日雨，明天要见面，还下雨吗。

七月三十日上午

C弟如见：

昨夜电话中没有说清楚，当然，哪里就说得清楚男男女女的千古奇冤。李博士，我称他为李尔德的那位逆论家，在客厅里听到了我们的乱谈，后来脾气发作，借德国老牌的哲学刀来大开杀戒了，姑且略去那些邪门儿的经院哲学，扼要转述一点道别人不敢道的李氏逆论，供你一笑。

他说："男人是被女人害的。女人是被男人害的。男人还是被女人害的。"

他说："默认这个说法的男人，绝大多数正被女人害着，害得无能脱出其害而一言不发。反对这个说法的男人全已骨酥胆落，他们竭力驳斥，心里却想：居然有人连发三箭，箭箭中的。"

他说："钦佩这个说法的女人是不会少的，然而她们不声响，呶呶嘴巴回到房中的大镜前，一撩头发转了个旋体。不同意这个说法的女人，必是苦于找不到男人可害，否则，是嫌她所害的男人总数不够多，或则嫌程度不够深，还没有被害到足以反过来害她，足以使她再反过去把他彻底害了。"

我忍不住要问他这是什么原因呢，李说：

"根本的原因是：性别，上帝的原罪。表面的原因是：她不知道这样就是害，她以为一切都是为他好。他呢，本来也不是那样容易害的，他也在想：她这一切无非是为了我好。两者相加、相乘，马马虎虎架构了一部通史。在断代史和稗史中，有几个不为女人所害的男人，他们不害女人，不害，所以女人也难于加害——这样简单明了，人们还以为复杂奥妙极了的呢。尤其你们小说家，把这个事实事理估量得模棱两可，三可，四可，认为如要加以判断，是鲁莽轻率，是万难公允的。就是因为你们如此谨慎练达，所以始终支支吾吾弄不灵清，你们只有刀柄，没有刃锋。当然，写出来了，斫下去了，也是白写、白斫，小说家自身也不是男的

21

便是女的。"（李博士自己笑了）

李吉诃德攻打小说家，我不计较，也不助阵。他走后，收拾茶具烟缸之际，觉察我也在默笑：海涅的散文论文绝不比诗差，他说，最早的，第一个哲学家，是女的，伊甸乐园，没有脚的女黑格尔。那么，李氏逆论不算过分，没有宣布一个男的为两个女的所害。大概像李尔德、李吉诃德这类博士学者，一般着眼于通史断代史，至多略涉稗史。史前的事，不在乎。史外的史后的事，更是全盘无知。

但是你说，真的怎么后来就不出女哲学家了呢？有脚的女哲学家？没有女哲学家，不是好事，也不是坏事，是很恐怖的事。

八月一日灯下

昨夜睡不着，与李通电话：就问这个，他答："因为女人的头发里面是头发。"我追问："再里面呢？"答："还是头发。"——李真狡黠，看来史前史外史后的事，他并非全盘无知。下次约他来，你我设法逼他招供，他这番逆论必是有着私人情结，尽管他确有可观的理性，他的智力已经越出理性范畴，只有深蕴特殊情结的人，才会发生这类诡谲的论点论调——我想，你也有求索的兴趣吧？不过，这狐狸，要它入陷阱，得花大工夫。

二日晨又及

Z君大鉴：

上次信中，偶涉"立志"事，仅三言两语，你也许不注意，试赘续如下：

少年青年重立志，壮年中年又当立志，老年晚年更须立志。

初期的立志，是模仿，大轮廓。不到人生的半途，能知什么是宜于自己的"志"？（不宜，不特殊，这种"志"立了等于不立，比不立还无聊）后来，再后来，方始逐渐明白何种"志"才是自己所应有，所可能。不一定是缩小、降低，最好是扩大、提高了。写完第三十八交响乐，看看左腕上的表，右手又开动写第三十九交响乐，写到第四十一个才休息——多半是这样的，不这样又怎样？

　　中国的词汇中有很多早已入土，大家认为入土为安，我们姑且出土一个"迈迹"，注释起来是"无所因而奋发自主"，我则戏称为志前之志。迈迹状态是很可爱的。是不参加比赛的竞技状态，广义而观之，也是都在比赛之中，只是自然界无奖、无赏、无名次。植物动物都是很迈迹的，一切我能看到的植物动物，我几乎都喜欢（有少数，实在不愿恭维），就在于鉴赏它们的无所因而奋发自立。到后来，一见到人，我就没有这种好心情，人如果止于迈迹，终究乏味。许多奋发自立者，就差在无所因，充其量是生命力亢进。所以讨厌。

　　并非少年青年无志，壮年中年立起志来了，也非从少年到中年一贯懵懵懂懂，老至，豁然开朗，目标坚定——不会的，不行的，来不及的。"志"不是这样的东西。没有在前的发生发展，哪有在后的发旺发挥。少年行尸，中年走肉，老年残骸若干。所以首要还是在乎少年青年的立志，宁可是模仿行为，缥缈轮廓，到壮年中年充注真质，大而有当，以实显华，然后，难度高了，却容易一篑一篑毕全功。功败垂成的故事当然很多，很伤心，而我常常看到功成垂败，那个时候，就是显"志"的当口。面对的"败"很大，昭示着身名俱裂，"垂"很长，十多年，朝朝暮暮"垂"着，半夜里醒来也"垂"着。这样长的"垂"这样大的"败"之能转，转为"功"而"成"，总是"志"更长了些更大了些的缘故。一场长与大的比赛，比得过来，就算不错。

他呢，他不属于"功败垂成"，也不属于"功成垂败"，有来历的独生子，毕竟不一样。他在白杨木架上说的最后一句话是"成了"——他成得快，富有场景感。后来别人要成就毫无场景感，配角也不齐、不相称，而且慢得真不像话，慢得实实在在受不下去了，结果成了——一切仍旧在于自己，全在于他自己。

以上聊作前信的补遗。

那天在中国街见你买曹白鱼，后来我也买了，蒸后去鳞甚易，鲜美十分深刻，八元一瓶不算贵，它是整条鱼切段装一瓶的。

此祝

近祺

八月三日

再者：

你想读就直接读《查拉图斯特拉》《朝霞》等原典。那些"评"呀"传"呀，断章取义哗众取宠，不可理会，一理会就参与断章哗众了。

眸子青青

慢慢地，其实也不慢，也很快，总是前后十年光景。

古典音乐，即所谓喜欢，或所谓爱好，或所谓着迷地那样听古典音乐……

不再听，不想听，不要听，不必。看到别人在听，觉得可怜，可鄙——还听这种东西。

贝多芬戆，肖邦俗，巴赫迂腐，莫扎特，浅薄，开玩笑。不仅不再迁就，即使提到这些名字，也觉得太那个了。（哪个？直说出来就是：再听再提这些东西是可耻的，枉为现代人）

因为他才不鬵、不俗、不迂腐、不许别人开他玩笑。

怎么回事？

这样一回事——是个与古典音乐已经全然不相称的人了，不配听，被古典音乐屏弃。

他不知道，全然不知道原来是这样一回事，这就越发无还价地证明：他确凿不配听。

还有一个雄辩的事实可作旁证：此辈快速超凡入圣的现代唐璜，都老死亦相往来地喜欢或爱好或着迷于北京歌剧、新潮时代曲、三十年代中国电影夹缝里的小调，这等于认定：那些东西是永远不鬵永远不俗，不会迂腐不开玩笑的。

一个人，单单一个人，会独特进化，进化到扬弃巴赫、莫扎特、贝多芬、肖邦……而"古典音乐"是供"扬弃"的？

希腊雅典全盛期的雕像，谁说对它们已感到烦腻了——一定是雕像在说，它对这些现代人实在感到烦腻，烦腻透了。

（亨利·摩尔认为他自己的雕塑根本不能与意大利文艺复兴期的作品比，古希腊的呢？更不敢较量了——

所以摩尔终于有这番业绩）

刚才的那个"他"，还得谈谈。对于他，如果世上从此不再演奏古典音乐，不再，绝响，曲谱悉数焚毁，怎么样？他说："那好，反正我早就听过了。"（他之所以如此慷慨豁达，是有"底子"的，三十年代郎呀妹呀的小调，雨后春笋般的时代曲，他知道不可能殉古典音乐的葬）

事情又并非如此发展，据说这世界每一秒钟都鸣着贝多芬的乐曲。那个"他"，很快就没了，影子也没了，其实早就什么都没了。

那好。这样的人多的是，将来也多的是。

好的女人，都有与生俱来的一大包爱。

从少艾到迟暮，计成百，方凡千，要把这一大包舍掉。

那一大包，不即是爱，但酷似爱，但绝非爱，但难以指明该归类于什么，但真是结结实实一大包，但这无疑是女人中之尤善者才会有，但这样的女人已经不多，但毕竟还存在而且还能遗传，但你想找不就找得到，但她会来找你，但她不一定找的就是你，但你可以看到她找了别人，但你不必嫉妒，因为也许宁是如此作个旁观者比较安静安全。

有这样两种熟视而无睹的人：一种是本身无意志，缺活力，只有在听从别人的意志时，活动了，活动得很起劲，甚而参与策划，有时也显得颇能决断。另一种，不同，本身也谈不上意志活力，其独处时，十分惹懒，一旦有人跟他，他转，有人跟他转，他便神机妙算，指挥若定，率领弟兄们，一副乘风破浪的样子。此时此境中，前者自以为有了活色生香的方针和道路，后者自以为天生将材、帅座、王者相。

好。前者庆幸：群龙有首。后者自贺：首有群龙。

好。所以这两种人常会天造地设搭配在一起，历朝如此，列国如此，一代代过完他们聪明伶俐浑浑噩噩的好日子。

他们又善于回避果真意志强活力大的人物。又善于把"意志"和"活力"的定义作新解释，就在一阵新的解释中，把价值判断兜底搅混，贬没，于是相视莫逆而笑。

继之相笑莫逆而视，好日子又聪明伶俐浑浑噩噩过下去。没人打扰他们。从未见有一只鹰飞下来蹲在地上看蚂蚁搬家。

所以群龙有首者和首有群龙者总是过得很不错，很有意思，很忙，忙极了。不可能有余暇来想一想自己在做什么。

受宠时像受辱那样抿唇不语，受辱时像受宠那样窃笑不止。两者都是风格，然而都反常，应促使人竭力设法趋于正常，回到不必这样的抿唇不必这样窃笑的天然恬漠中去。

宠辱不惊，此种遭遇和态度（宠辱，不惊）本是很糟糕的，落入了宠或辱的境地，一时摆脱不了，只好睥睨处之，以反常应付反常而已。

高尚其事的营生，并非着眼于构成幸福，只是先为了贯彻安静。一有幸福可言，就意味着灾祸的存在，幸福是指灾祸竟已过去和灾祸犹未到来，那一段时空状态才是所谓幸福，别的还能指什么，别的没有指什么了。

含有宗教情操的哲学家，都明悉福与祸的先验同在。有的设计先去掉祸，使福亦随之而去。有的，设计先去掉福使祸亦随之而去。两种议论用心是一致的，都企图抵达无福无祸的境界和状态，结果是有的，都并不成功。福的种类祸的种类日益增多。

但是（幸亏到时候总有一个亮丽的"但是"）人世虽已定型定局，但是至今还能够宛如存身古代那样地，过着宗教情操十足的哲学家生涯，巧妙摒挡受宠的机会和受辱的机会，不使斑马走在闹市的横道线上，等等。

往往先要在大受其辱的时期自我驾御得法，免以屈死，然后一旦转为大受其宠的当儿赶紧集储足够延长生命的资料，于是消耗得极为经济，清则清其心寡则寡其欲——老练的享乐主义者，在人间过完了一生，又再过一生，或者同时两三种人生合着过，仿佛若古作曲法中之赋格然。

那些三流四等的文学作品中写的，主角发愁，天便下雨，主角乐了，鸟语花香，这样的天作之合是不可能的。人生之逊于电影，最显著的一点，电影有配音，女人和男人邂逅，小提琴之类在暗中嘶嘶价响，这当然是非常看不起观众，然而观众乐于被看不起，观众非常需要有小提琴之类从旁提醒，什么来了，什么去了。生活中，不会到处有一把小提琴等着陌生男女，那么，生活无疑是劣于电影了。

但是（又来了），前面说过的那个带有若干宗教性的哲学家，即哲学到了不成其为哲学的，那个动不动就一贫如洗的享乐主义者，他觉得生活之妙，就妙在没有小提琴在暗中发作，如果他忧闷天就阴霾，他透气阳光立刻普照，小提琴又一天到晚叮住他，他就死了。

能归真返璞的人是禀赋独厚，常见的是无真可归无璞可返。如果大家都有望各归其真各返其璞，那还算什么真什么璞。

圣安东尼再诱惑

艺术家的声誉之起，有的是走运，有的是成功。

成功者少数，而多数是走运者。

走运者会脱运，一脱运，就湮没了。运亦长短不等，长的运，看起来是永存的样子，其实是看的人自己年命短，不及见走运者的脱运。

即便是成功者，作品也将以能量的多寡而决定它们的存在期，有历千年犹俊杰者，有维持百年遂趋晦黯者，有因时尚而褒而贬，贬而复褒者，有始终薄明欲绝不绝者——人们把这些连起来，叫做"美术史"。（好

像美术自己会做成历史似的，真是便宜了多少美术史家呵）

每个时代（时代是划不清的，哪有头尾分明的时代），每个时代的社会各处，皆为走运者的艺术所充满，不是"街上除了艺术什么都有了"，是"街上除了艺术什么都没有了"，大众所赖以认知的便是这种走运者的艺术，因为，哦，艺术家的"运"，的种种"运"，是由大众构成的，没有这样大的大众，何走运之有？成功者呢，既为大众所无视，为何竟能肯定哪些艺术是成功的？而且差不多没有错，几乎还都是对了的？

古代，中世，近季，每个国族总有几许精明的人，所谓高尚其事的人，在朝的，在野的，朝野混然的，结成有形无形的集团，便是权威性的评价中心（仅仅是一个人，一两个人，就可以是这样的中心）。那有形无形的集团里的成员，往往本身就是艺术家，先从成员间互相认同认知开始，再扩大到集团之外，再扩大到别国别族的集团，再扩大到偶然发现的某个人身上，成功的艺术就此定位。

大众，先承诺这类集团，然后承诺由集团首肯的艺术。

然而大众的价值判断，还是付之走运的艺术的，大众以为被少数精明人肯定的艺术与自己喜欢的艺术是一样的东西，他们全然不知自己喜欢的是不成功却走了运的东西，相比之下，他们更喜欢他们喜欢的了，于是，那不成功而走了运的艺术就大走其运了。

"成功"而不"走运"，为什么？

这可原因多了。最大的原因是：当时的那种少数人的集团执著几则自以为是的信条，信条转化为刑法，刑法可制裁与信条有异、稍有异、似有异、仿佛若有异的艺术，一律处以殛刑。另一个最大的原因是：那少数人的集团竟不是由"成功"者组成，倒是些"走运"者之流，一旦看到"成功"的作品，那可不得了，肯定它，岂非否定自己，这种"成功"的东西万万不能让它走运的，它走运，自己势必要脱运，于是把它掐死在摇篮里，最好连摇篮也掐死。

还有另一个最大的原因是当时的那种少数人的有形无形的集团，清清楚楚迷迷糊糊不知艺术是怎么回事，几十年中只见一浪一浪的"走运"的艺术滚滚而过，

"成功"的艺术就谈也无从谈起。（谈谈要死人的，不谈，在心里想想，也要死人的，像麦尔维尔说的，思想会出声，出声的思想被捉住，就死人了。而且那谈谈的想想的死掉了的或者侥幸活下来的人，也不就是可望"成功"的人哪）

还是看看其他地方的大师、巨匠、桂冠诗人，最高象征奖获主，又是怎么回事。

他们很简单明了：多半是既成功又走运，他们那边还有像刚才讲的少数精明人，所谓高尚其事的有形无形的集团，他们没有把埃菲尔铁塔淹死在塞纳河里。构成这些集团的，"成功"者是多数，"走运"者是少数。（哦，"走运"者实在多，任何隙缝都有"走运"者）

要说桂冠诗人之类，那是皇家的家务事，心血来潮，弄一项桂冠给宠物戴戴。

还有呢，还有生前穷困潦倒，死后大放光明，如西班牙乞丐塞万提斯者，那算什么？那也简单明了，成功而不走运，死后哀荣，还算什么"走运"。不"走运"也许只是平平而过，"倒霉"则想平平而过也过不了,塞万提斯是"成功"而"倒霉"。然而还有比"倒霉"更糟的,叫"恶运",交了"恶运"的艺术家,就连《堂吉诃德传》也会遭劫,已经"成功"的艺术被毁灭了,至少西班牙乞丐塞万提斯还不致这样。交"恶运",最可怕。(怕也没有用,不怕也没有用)

那么,先得准备不走运,然后准备倒霉,更需准备交恶运,准备好了没有?准备好了,就可以去希望走运,去希望成功,既成功又走运,或者既走运又成功——那是差不多的,虽然毕竟不一样。

"道",要人"殉",凡是要人"殉"的道,实在不好,实在说不过去。

老是要人"殉"的"道",要人"殉"不完地"殉"的"道",实在不行,实在不值得"殉"。

只有那种不要人"殉"的"道",那种无论如何也不要人"殉"的"道",才使人着迷,迷得一定要去"殉"——真有这样的"道"吗?

(有)

已凉未寒

一

蒙田不事体系，这一点，他比任何人都更其深得我心。

二

轻轻判断是一种快乐，隐隐预见是一种快乐。如果不能歆享这两种快乐，知识便是愁苦。然而只宜轻轻、隐隐，逾度就滑入武断流于偏见，不配快乐了。这个"度"，这个不可逾的"度"，文学家知道，因为，不知道，就不是文学家。

三

或者，自我生物学这一科目，便是我在研究着的。

四

如果探求的是质的新奇，那么，一时无人理会，若干十年若干百年后，有可能得到理会，付之赞叹。如果探求的是形的新奇，那么，一时无人理会，若干十年若干百年后，嫌陈旧了——在这若干十年若干百年中，大有人探求形的新奇，少有人探求质的新奇。

五

为了显示形，故意无视质，消退质，以立新奇。

二十世纪末的艺术大抵是这样。偏巧这一时期的艺术家本身先天性乏质，也就少有求质的愿望，于是纷纷顺势投入求形的潮流中。二十世纪至此已呈凋零。也无所谓料理后事。要来的，将是以质取胜的另一类艺术。两千年为始终的轮回，凡起首的，总是以质的特异为征候。

六

战斗呀伤痕呀牺牲复活呀，这种是罗曼罗兰的东西。

七

颂赞的诗歌，虔敬的奉献，都不是上帝最喜悦的，上帝需要的是证明他的存在，所以宗教家百次千次地在作证明，绝不能停。停，上帝就不存在了。

八

"当真，为什么我们遇见一个畸形怪状的身体是不激动的，而遇见一个思路不清的头脑就难于忍受，不能不愤慨起来了呢？"

"因为，一个跛脚的人，承认我们走得正常，而一个跛脚的精神，却说我们是跛脚的。若非如此，我们就不致恼恨他们，反使可怜他们了。"

蒙田和帕斯卡尔之所以能这样娓娓清谈，是缘于都未曾见过一个浑沌的头脑能把亿万头脑弄浑沌，也未尝身受过跛脚的精神纠集起来把健行者的腿骨打断。

九

在文学上，越短的刀子越刺得深。

但文学不是武器。

十

文学家要"过去"要"现在"要"未来"。

尤其看重"未来"。

政治家只要"现在"，无视"过去"。对待"未来"像对待"过去"一样，是不在话下的事。

所以政治家为所欲为地摆布文学家，文学家翻"过去"、展"未来"给政治家看；不看，即使看了也等于不看，因为——前面已经说过。

十一

这样一种人，很不容易道破。

试道而破之——只有正义感，没有正义。

十二

专制独裁的王国中，有了一个伟大的作家，就等于有了两个国王。

点到这里可以为止。而索尔仁尼琴不为止。

点到这里可以为止。

十三

把椅子放在桌子上，把桌子放在床上，把床放在屋脊上——文艺理论家就这样终其一生。在某国。

床自己从屋脊上下来，桌子自己从床上下来，椅子自己从桌上下来，这是聪明的桌和椅。笨椅笨桌笨床就定在那里不下来了。

太阳照着屋脊，不久太阳下山，夜，夜尽，屋脊上又显出床，床上桌子，桌上椅子——文艺史家就这样写下来，而且拍了照片。在某国。

十四

中国文化精神的最高境界是欲辩已忘言。

欧陆文化精神的整体表现是忘言犹欲辩。

十五

一具锁，用一个与之不配的钥匙去开，开不了，硬用力，钥匙断在锁里。即使找到了与锁相配的钥匙，也插不进去——而且锁已经锈坏，别以为那个与锁相配的钥匙就开得了——在比喻什么？

十六

现代艺术是竹花。

十七

懦弱会变成卑劣。懦弱，如果独处，就没有什么。如果与外界接触，乃至剧烈周旋，就卑劣起来，因为懦弱多半是无能，懦弱使不出别的手段，只有一种：卑劣。而，妙了，懦弱自称温柔敦厚，懦弱者彼此以温柔敦厚相呼相许相推举，结果，又归于那个性质，卑劣。

十八

喜清澈，不，喜清澈的深度所形成的朦胧。不再叫清澈？那也不再叫朦胧。

十九

到了壮年中年，想一想，少年青年时期非常羡慕的那个壮年中年人，是否就是目前的自己——是，那很好。否，那恐怕是来不及了。

到了老年残年，"否"了者不必想，"是"的者再想一想，壮年中年时期非常羡慕的那个老年人残年人，是否就是目前的自己——是，那很好。否，那就怎么也来不及了。

而对于两度"是"者，还得谨防死前的一刻丧失节操。

二十

大自然在细节上真是绝不徒劳。整体，整体呢，大自然在整体上始终徒劳——亚里士多德只看细节不看整体？

二十一

东方与西方最大的分异显在音乐上：东方的音乐越听人越小，世界越小。西方的音乐越听人越大，世界越大。东方人以西方音乐的方法来作东方之曲，听起来人还是小世界还是小，西方人以东方音乐的方法来作西方之曲，听起来人还是大世界还是大——再说下去，就太滑稽。

二十二

论俗，都俗在骨子里，没有什么表面俗而骨子不俗的。倘若骨子不俗而表面俗，那是雅，可能是大雅了。

二十三

持平常心，不作平常语。

汤显祖、曹雪芹辈每论智极成圣，情极成佛，吁，智极而不欲圣，情极而不欲佛，庶几持平常心矣。

遇自谓持平常心而满口平常语者，挥之如蝇蚋。

二十四

以人伦释天理，以天理定人伦，就此一步步死掉，压根儿完结。

二十五

如果爱，能一直爱，看来真像是用情深，深至痴——是爱得恰到浅处的缘故，浅到快要不是爱的那种程度，故能持之以恒。

浓烈的爱必然化为恨，因为否则就是死（否则因为就是死）。

二十六

史载的大罪孽，都由个人的轻率而导致。

二十七

中国无音乐，或说中国的音乐都没有艺术自觉，或说中国的音乐表现了中国民族性的不良的一面，或说先秦季札公子听到的才是中国音乐，秦以后，直到二十世纪末，整个败落不振——是大谜，大到包括整个东方：东方无音乐。

但是（这个"但是"来得不易），在华夏的"书法"中，看到了与西欧的"音乐"可以相提并论的灵智景观，篆、隶、真、草，也极尽古典浪漫现代之能事。但是（这个"但是"来得容易）中国的书法式微了，完全式微，到宋代已成强弩之末，至多是回光返照——这样，中国已没有音乐，中国已没有书法。至于季札一辈听到过的音乐，究竟是否能与西方的音乐相比拟？不可知。只知中国的书法曾有很长一史期，出过很多大书法家，他们所达到的境界、成就，与西方的音乐在本质上是共通的。中国的书法的普及程度，也曾与西方的音乐的普及程度差仿不多。但是（这个"但是"来得伤心），"书法"衰了，糟蹋了，所以说后来没有"书法"，是为了抹去"书法"既衰之余被糟蹋的丑事劣迹,省得坏了"书法"的名誉。

二十八

天生不宜作胜利者,自来没有胜利的欲望,只是不甘失败,十分十分不甘心于失败。

二十九

生活上宜谦让宽厚。艺术上应势利刻薄。

(为允酬一位良友对这两句的谬赏,姑且这样记下。对于自己是毫无意义的了)

三十

耶稣问:

除了自己写,在文学上,你还想要做什么?

答:

在文学上,推倒法利赛人的桌子。

麦可和麦可

教堂门口的彩虹

为了某本书的扉页，拟摄一帧全身像，以圣派翠克教堂的外观作背景——曼哈顿到处是新潮，唯独那门墙有旧气。

与摄影师约了在现代艺术博物馆会面，按时步行而去，但闻水声潺潺，就此望见教堂飞瀑直泻，五十三街接第五大道这个转角急水乱流——纽约是傻，连此分差强人意的风韵也不知珍惜，认为教堂脏了，

53

狠命用水冲，毛糙的石面反而疤疤癞癞，该疥癞建筑目前是全纽约最丑的了。

摄影师到，苦笑，耸耸她挂着相机的裸肩。

近午，日光照在教堂正门的台阶上，被纷纷的水珠折射出一弯虹，小小彩虹，有人举着相机要猎取这个奇迹——黄种，青年，鞋全浸在水里，他再三调理角度，又要教堂又要虹。

她说："街上洪水也有，鸽子也有，再加虹，实在很像创世记。"

"六十个荷兰盾，二十四美元，当初曼哈顿岛的卖价再高就没人买了。"

"走吧？"

"去哪儿？"

"Inwood Hill Park，有真的残墙断垣。"

说话时，谁也不看谁，都凝视着那弯七彩的颤颤小虹。

断头台之类

晴美的下午，电影院，丹东后传，看法国名演员饰丹东，附带泛览十八世纪的法国人民，一样，与别的世纪别的国的人民是一样的，一样哄一样散。

那座断头台，铡刀部分，大大的油布围着，以防雨淋生锈，如果明天要行事了，便有个面目不清的褴褛健妇，跪着趴着使劲洗刷、洗刷那座断头台哪，明天要用它了。此刻站在台周呆看那些个，翌日将及时赶来，毕竟断头的少，看断头的人多。

另有面目不清的男子，把干草扔进木架底下，铺开、匀平，干草有和悦的黄色，干草的黄色又老成又稚气。

与丹东同时判死刑的囚犯，一起在牢房里作准备，狱卒手执大剪，把他们后颈的散发刈掉，内衣的领子也铰去，脖子完整露出，显得主要，它们先验地为断头台而存在，男性的圆中寓方的颈项，美学上非常成功，就怕政治上非常失败。

历史和电影都规定丹东他们要这样死，那是很快的，人横着，刀直地下来，身首异处，血像水桶倒翻般地流，下面的干草全红了。一七九四年，国民议会议员，晴美的春日午后，百老汇支路上的小电影院，遗憾是断头台这种东西，看不真切的。

电影是下午，电影里上午，演丹东的接着变成《马丁回来了》的主角，终局是绞刑，也不慢，也看不清楚。

黑　昼

回寓，倒在床上就睡去。

噩梦连连，寒颤，勉力拉毯裹身……沁汗……终于扎煞着苏醒。

启帘，凭窗呵欠，阳光已照着对街的车站，匆匆赶班的男女，星期五。

盥洗后头还是痛，天色变暗了，看来要下雨。

以前山居的经验：特别清朗的晨曦，预示这一天是阴雨，如果破晓麓谷雾浓，那会转为全日晴正。

天色更暗了，看来要下大雨。

忍着头痛开灯伏案，写过数页，回望窗子，全黑！

起身俯看对街，没有雨，行人如常。

电话一个不通换一个：

"现在是九点钟吗？"

——是的。

"上午九点还是下午九点？"

——你怎么啦？

"快回答！"

——晚上，晚上九点呀。

"……哦……"

——你有病？

"累，累糊涂的。"

——需要帮助吗？

"如果现在是上午九点，才需要帮助。"

……午后出门，几件事办完将近三点，在酒吧是站着喝了就走的，归程一小时，那么倒身入睡大约四点光景，昏昏沉沉，以为整夜过去……夕照看作朝阳，回家的路人极似赶程上班，暮色便误认雨云。

全黑的上午，地震，毁灭……

不想想如果真的上午全黑，路人怎会一个也不惊惶——而刹那间，就因为眼看男男女女行走如常，我更诡异，更恐怖。

掌声与哀叹

近年来看书必得戴眼镜，地车到站，忘了摘下，跨出时倏然跌落缝道间，车开去了，眼镜并没碎，它在暗底仰视着我。

找警察先生，能否让我从尽头的阶梯下去，他认为这是违法的，而且拾得眼镜也无用，因为我必定会被列车轧死。

车一列一列开过，眼镜闪着幽光，那么，在站台上有何方法取回它？

绒线衣的袖口已绽了，车站的杂货有胶姆糖，裤袋里钥匙串的重量是够的。

胶姆糖嚼过后，粘在钥匙上，钥匙吊于绒线的一端——身旁的候车者们注意我的怪异作为，当我蹲下来，像汲井水又像钓鱼那样……人们明白我的意向，聚而热切俯看……

钥匙串对准眼镜徐徐垂落，将接近，一松绒线，重量与黏性配合，眼镜动了动，不动了。

屏住气，两手轮流收线，目不旁视，却感觉到左右很多视力集中在眼镜上……

它已升出站台的平沿，提线轻荡，它就斜堕在我脚边，有人拍起手来，接着掌声响成一片。

这时我暗暗哀叹，因为就在这时我特别清晰地意识到此身处于年轻的易感的国族，而已不是衰老冥顽的国族了。

雨中哑剧

这邻家，每月总有一次宴会似的，来宾不见年轻者，老翁老妪驾的车都平常，穿着也平常，邻家的屋子就是平常的。

使我停步的原因是那条棕色的狗，也是惯例，凡是耆老们聚首的日子，它就被主人逐出门外。某些狗确会兴奋过分，宾客多了，它如癫似狂亲昵纠缠，谁也难于应对。

每一批来宾下车，主人开门迎接，狗就跟进，关门时，非把它逐出不可，它奔到我脚边，接受抚摩揉拍，整个棕色的毛身微微战栗。

下雨，暮色愈深，屋子虽然平常，此时也灯火通明，没有音乐笑语传出来，这些老翁老妪在做什么，似乎都是默默地饮食着。

我欲回寓，而它独自在门前的小径上又如何呢，宾客散后主人才会召它进屋，之前，即我离开它之后……

与这幢屋子，与屋内的人，我全无干系，而与它厮守在微雨的夜色中，便像我也是个被逐者？

雨下大了，我故作专断状，不许它跟随。

中夜，浴毕启窗张望，邻家只有一处亮着，是厨房吧——狗已不见。

每月耆老们按例要聚会，门前的路旁泊着几辆车，那紧俏的棕色毛身的狗蹿动其间——我感觉到自己在克制，克制到没有感觉时就平复了。

麦可和麦可

学院里名叫"麦可"的多得不知其数，咖啡座收钱的麦可最宜人记忆，英俊，英俊得过分了似的。

上午十时半，学生纷纷来三楼就饮，差不多趁此完成午餐——麦可忙，收钱，找零头，接受爱慕的目光，付出有礼貌的俏皮话。

这个艺术学院是片野草地，出过几个大师，算奇葩，而近百年来，尽是蒲公英。堪充佳话的是:院长、办事员、模特儿、杂工，个个爱画，全能把颜料涂到布上纸上，然后挂起来。

底层通往电梯的那边，设有绘画器材供应部，管理者两名，全日坐镇的是位老绅士，躯干挺到了木强的程度，抬着狭长的瘦脸，走路的姿势，使我觉得一个人不可能天生如此，步步经典，动比不动还静，而他的穷、老、丑是明显地合并着，从不见他与谁交谈，难设想这张脸能作笑容。可是每次见他走过，我都目送，呆愕于他的一派静气、文雅、傲慢，实在寒酸之极。某日院长找他，才知道这位绅士也叫麦可，老麦可。

那个漂亮的少年麦可呢，不见了，咖啡座柜台上缺失这帧炫人心目的半身像，大家都有黯然之感。

我发现器材部中有个侧影甚似小麦可——他调到

61

这里工作，清闲得很，在阅书，书很厚。

　　每天上下电梯，不期然要望望器材部的玻璃门，麦可在阅书，在与老麦可议论，麦可霎眼睛，点头……老麦可翻开另一本书，枯瘠的手指按在书页的某处，麦可凑拢去看，仰面问，因为老麦可笔直站着，小麦可爱娇地支颐坐着，中间隔着茶几，几上都是黑黑的书，这种事我熟悉，求知、讨教、授业、解惑，古希腊的雅典习俗：一个少年必得交一个中年的朋友。

　　老麦可向来不到咖啡座，小麦可也从此终日坐在茶几前阅读——我嫉妒，嫉妒嫩的一个，也嫉妒朽的一个，这样的双重嫉妒不长久，我宽容了，暗暗祝贺，尊敬两个麦可。

　　偶尔在洗手间镜子中一瞥小麦可，他的英姿锐气全然消褪，仍不失为清秀，已非炫人心目的那类尤物，时光快过去四年，他总是以为知识来自书本，以及老麦可的启迪引导，不可能明白他偿付的是美貌青春。

　　永别漂亮的麦可，今后是渊博睿智的麦可了。

寒砧断续

一

举世称颂的事物人物，大半令我疑虑，而多次是此种疑虑显出价值来——在这早已失落价值判断的时空里，我岂非将自始至终无所作为。

二

有着与你相同的迷惑和感慨，我已作了半个世纪的挣扎，才有些明白，艺术家的挣扎不过是讲究姿态而已，也就是那些"挣扎"的姿态，后来可能成为"艺术"。

三

"毁灭"是否与"创造"同为文化之必要，尽管布莱克、叶芝、杰弗斯相继若有所悟地吟咏过来，我却因之更不安了。

希腊一定要特洛埃战争？耶稣必得有希律、恺撒？爱情的殿堂规定建立于排污泄秽的区域？这岂非绝望，虽然已经绝望了。

四

我的悲伤往往是由于那些与我无关的事件迫使我思考。思考的结果，我与那些事件仍然无关。唯此悲伤，算是和那些事件有过接触了。

五

像哥德他们，就单说哥德吧，他点亮了很多灯（好伧俗的比喻），有些，至今亮着（我们感觉一直会亮的）。另些，已暗下去（以此类推，亮着的也不会一直亮）。还有些，当时也许就不甚亮，过后熄去（谁也免不了要作大量徒劳无益的事）——需要再有人点亮些灯。路仍是这样的路，行者日渐稀少，暗了更乏人走。

原先哥德他们照亮的路，也只供后来像哥德他们那样的人走（不知还有什么人来点灯以供像什么那样的人走）。

不能想得太多，想得太多就连伧俗的比喻也懒怠打了。

六

真的有"时代的局限性"这么回丧气败兴的事。真的有超越此种局限性的那么回心壮神旺的事。

或曰：即使超，超不远。

对曰：即使不远，超了。

而局限性中人又怎知远与不远。

七

"艺术是……"

艺术并非"艺术是……"，不会是这是那。是这是那，乃这乃那——怎会是艺术。倡言"艺术是……"者，（一）存心搅糊涂，自有阴毒目的。（二）未必存心搅糊涂，因系糊涂人，动辄糊涂。（三）未必糊涂人，是被搅糊涂了。

八

"五四"以来，几乎决计可称是独一无二的那位智者，对于"黑暗"和"光明"，及"黑暗"与"光明"之关系，在想法和讲法上，他也未免老实到像火腿一样。

九

古代有几个品性恶劣的文人，曾经用文字十分巧妙地掩饰了一己之本来面目；现代文人没有这样大的本领了。现代文人十分开心地用文字把自心的种种恶劣如数抖出来，而且相互喝彩，而且相互"而且"。

十

描写自己的梦，悼念别人的死，最易暴露庶士的浅薄。

十一

猜想康德最初排列出"二律背反"来的时候是觉得很有趣很快乐的。

无法猜想康德排到后来是否也觉得乏味而沮伤。

十二

伟人，就是能把童年的脾气发向世界，世界上处处可见他的脾气。不管是好脾气坏脾气。

如果脾气很怪异很有挑逗性，发得又特别厉害，就是大艺术家。

用音乐来发脾气当然最惬意。

十三

"无知"，如果是没有"知"、缺乏"知"，那只要起"知"、增"知"就行了——事情并非这般寻常，事情很不寻常，事情是"无知"不承认"知"，始终拒绝"知"，斥"知"为"无知"。

十四

当或人说："这太高深，我看不懂！"

别以为彼有所逊，或有所憾。彼说这句话时，是居高临下的。

十五

犹记童年的中秋夜宴邀客名单上，魏晋人士占了一大半，柳敬亭、王月生也是请的，宋代理学家一个也不请。

十六

杨恽、嵇康，那样的牺牲，正是没有"牺牲精神"的结果。司马迁有"牺牲精神"。

十七

奥登吊叶芝，中途说到别人身上去，奥登代表时间发言，宽宥了吉卜林的观点，也施赦克洛岱尔，因为他，诗写得好。

我来吊叶芝，真不想说到别人头上去，中国近季的诗人们，这样的人，这样的诗，这样，这。

十八

大学者，什么都有，都是独创的，他所有的都是别人独创的。

十九

弄虚作假者最容易被认作富有才华，因为太多的人是弄虚而弄不成，作假又作不像，另有太多的人更是不知道什么是虚什么是假。

二十

一般人，不读书，不交友。

某些人，耽读坏书，专交恶友。

也有人读了许多高尚的书，来往的朋辈却是低三下四的角色？那是因为他没有认为他读的书是高尚的，他把高尚的书当作低三下四的书读了。

二十一

牛顿如果生在鞑靼人或阿拉伯人中间，就只不过是一个凶犯或流氓。

是的，霍尔巴赫先生。

鞑靼人或阿拉伯人，从小出入牛顿的实验室，及长，会成为牛顿第二？

二十二

像莫扎特、肖邦、莎士比亚、普希金，真相一开始就是归真反璞的。

二十三

谈列夫·托尔斯泰，可以这样谈：

另一个人，天性纯极了，品行之美，无可指摘，他写很多很厚的小说，本本猥琐窳陋……

就这样，谈完了。

二十四

常听说，托尔斯泰作为人，不好，不够好。

托尔斯泰作为人，还可以更好。但用不着太好，太好就不是托尔斯泰。他已经太托尔斯泰了。

二十五

后于托尔斯泰的人，写了不少批评托尔斯泰的文章，全无多大意思，因为，没有读者，没有——托尔斯泰已经不在——这些批评，只对托尔斯泰有意思，对别人毫无意思，别人又不写《战争与和平》《安娜》《复活》……别人再悖谬，再虚伪，与托尔斯泰无涉，所以托尔斯泰再悖谬再虚伪与别人何涉。

托尔斯泰有错，他这种错，别人不会再犯，所以谈托尔斯泰的错，对于别人不成其为教训。

二十六

文字载负了伟大的思想、高尚的情操。文字又载负着庸琐的谬见、卑劣的性格。本来，后一种被玷污的文字似乎会迅即绝灭的，但有读者，读得津津有味——一切，有待于此类读者的减少，减少的过程估计是缓慢的，大约一两千年光景。同时不排除另外的可能性：所有的读者，终于全是这样的了。届时，载负伟大的思想高尚的情操的文字全被冷落，湮没。这样的过程，估计是较快的，大约，一两百年光景，现在不是已经开始了吗？早就已经开始了吗。

二十七

与某种人谈论，像坐地下车，窗外一片黑，到终点站，不下，回……仍不下，复到终点站。

二十八

在艺术上，一个天才攻打另一个天才，挨打的天才并无损伤。两个天才对打，打完了仍是两个天才。

二十九

人们热衷于探究陀思妥耶夫斯基的病态。我以为能这样写自己的病态以及众生的病态的陀思妥耶夫斯基，必定具有一时难以为词的"健全"，这优越的"健全"，才是奇观——探究陀思妥耶夫斯基的健全，被探究者与探究者，双重难能可贵。

三十

过去了的时代，可称为"神的时代""真理的时代""有神论的时代""有真理论的时代"。没有一个宗教家哲学家艺术家能脱出"神""真理"这个前提性结论性的大观念的笼罩，因为——如今想来真忍俊不住……因为，当初主有神者，即以神为真理，继之主真理者，即以真理为神。那几个最骁悍的无神论翘楚，都虔信真理之存在。而像哥德他们的一代泛神论俊彦呢，更妙，神也有，真理也有，还加上个十足体现神和真理的"自然"。十九世纪的舞台布景还是上述的那么好，所以名优辈出，兴高采烈——我们是，来迟了，神，真理，自然，像拿破仑的灰大衣，苏士比拍卖行标了价，买当然还是有人买的，但拿破仑呢。

主真理的时代，仍是有神论的时代。套用拿破仑的俏皮话：真理，是人人都同意的寓言。

三十一

九十九个人背了十字架，空手兀立一旁的便是耶稣。

寄白色平原

S. F.

二十日卓午收到《帕斯卡尔思想录》。你的美意是多重的，我的信念只一重，邮程再长，也会到达。

始自少年，我希望有这本书。如此的沧海桑田之后，在美国，由你馈赠，诚是奇缘。但我总归是个悫赖的无神论者，一路时见皇皇大异端，于筚路蓝缕之后华车丽服了，感恩皈依上帝。我不，我谢谢你，至少现在还不到谢谢上帝的时候。

两年前，写过一首《再访帕斯卡尔》的诗，中有

"法国的山中草寇／托人到巴黎／买了最好版本的／《帕斯卡尔思想录》／行劫之暇／读几页／心中快乐"——你当然知道典出梅里美《高龙芭》。美国强盗抢过我三次，没有这样雅，这也是十九、二十两个世纪的区别之一，总之，二十世纪，不行。

　　启读《帕斯卡尔思想录》更喟然自省，区区始终属于希腊流而非希伯来流。基督教，那是因为《新约》本身是草草完成了的，没有艺术余地，更没有哲学余地（其"草草"其"完成"，就是没留"余地"的原因）。而阿波罗，而狄奥尼索斯，本来无所谓"完成"，亦并非"草草"，故尚有艺术的哲学的若干周旋可言，也不多，尼采过后，两位大神理得心安，曚眬睡去——异哉，一流的智者亦有限，都只到"孩子"为止，尼采的三变，返狮还童，帕斯卡尔亦引耶稣的遗训为己见而不遑注疏。那么，设：从希腊路、希伯来路，分别走过来两个"孩子"，会相拥亲吻吗？我以为不，我以为可能是瞠目叱咤，一瞠目，一叱咤，双方都立刻不是"孩子"了。尼采、帕斯卡尔，由于狂疾、夭折，都不及成为"孩子"。而且，我兀自忖量，谁也还是不会"孩子"的，世上

78

人间，没有"孩子"这回事。所幸我还不致无所措手足，驱使自己胡乱走走尚走得动，循的仍是最初登程的希腊路，已经是幽径了。希伯来路并非陌生，是我不配。踽踽缓缓走，能不能走出个既非希腊又非希伯来的"孩子"来？从前我万分好奇好胜于这个目标，盼望有一天用得上保尔·瓦雷里的那句"你闪耀着了么／我旅途的终点"。近几年，尤其近几天，觉得"目标"呀"终点"呀，仍是世俗的功利的咎由自取。叶芝的诗又恼人，使我耳边不时嗡嗡然，柏拉图呻吟道：成了孩子又怎么样？

你在华埠东方书店发现陈列《帕斯卡尔思想录》的那块摊位突然矮了下去，查看，只剩一本。"有人在买这种书！"——使我回想起在上海时，四川中路，逛旧书店，瞥见一个十四五岁的女子，倚着木架专心地读线装书。时为"浩劫"以后，姑娘能对古籍有兴趣，不由得使我偷阚那是本什么阿物儿——《王船山文集》。记得当时我是有一种晕浪的感觉，理解、想像、判断三种力都用不上，她是真读还是假读？便站定，随手取本什么，佯装我也旁若无人，姑娘当然不知身边有了侦探，她一页阅完翻一页，勿慢勿紧，可见是字字行行进行着的。上海是个海，沧海遗珠向来是有的，那是指老辈，所谓旧社会过来者。这位姑娘，即使是此类遗珠的苗裔，从识字起，正好遇上"浩劫"，十年中，谁教她读古书。这还不怪，怪的是十四五岁的女孩，对这位以汉学为门户，以宋五子为堂奥的王夫之发生求知欲。我进而斜睨，赫然《大学衍》，即是力辟阳明致良知之说以羽翼朱子的那本相当执拗的东西——我无法再求证什么，惘然踱出书店，在虹口区市场买些日用品，吃点心，疲倦提示，可以回家了，又经过旧书店，隔着玻璃门，姑娘依然站在那个架下，也许换了《中庸衍》。反正我彻底自认笨伯，无论如何解说不清，一个在"文革"中长大的女孩，为何要读《王船山》。但是我不致失控到凭这怪现象，便认为中国文化源流不断后继有人，一个十四五岁的姑娘耽阅"王夫之"，没有说明什么，《帕斯卡尔思想录》有了中文全译本，没有说明什么，这种书在纽约唐人街有人买，卖得只剩一本，没有说明什么。爱默生所乐道所自慰的"底层的精神主流"，在西方，容或可信，在中国，并无这样的集体潜意识。悲剧家惯于直视可喜的幻象，喜剧家习于斜睨可悲的迷障。而像我这种动辄糊涂到悲喜交集的人，注定什么家也不会是的。何况年复一年，悲喜交集的机会少了。快没了。因为我的书桌有两个抽屉。

你说，孑然独行，不胜寒，有个朋友，就不甚寒了，你说得好，真好。而我看看自己之所在还不高，委实很低，很低却已甚寒，可见那些热闹着的是什么东西。回忆我们的少年期，以为但丁、哥德总是没有人敢惹他们的，惠特曼在本国乘车一定不必买车票，鲁迅逝世，"文坛巨星陨落"，全坛泣血稽颡——后来才知道他们都是处于庸夫歹徒的围困之中，在种种夹缝间辛苦求生。我既来美国，长久不读书，偶尔看看报和杂志。文学之为物，于我情同隔世，如此者一年半载，后为人怂恿，尝试卖文，打油打诨，据说是"这个年轻人走上了诡谲的道路"。自从结识你，每次晤面，你拎一袋"儿童读物"给我，我又开始重作读书人，当然还得卷希腊土重来，便见苏格拉底倒真是一味求死，柏拉图偌大的明哲仅够保身，总之西方东方都从来没有过宜于文士哲人享福的好日子。而且发现自己业已不善阅览了，例如每次翻动《新约》，使我注目的是"耶稣哭了"。这次开卷《帕斯卡尔思想录》，我满足于"蒙田错了"。其他便恍恍惚惚起来，认为"耶稣哭了"即宗教的全部，"蒙田错了"即人文的全部，这样，对于我，《四福音书》和《蒙田论文集》似乎是多余的。

你劝勉我写，写出好的来。我是在写，可奈就坏脾气的特性而言，很像意大利的一个画家，壁画迟迟不动工，尽忙于制作烤肉机器，羊肠充气的妖魔玩具。

你企望中国近代文学能出大宗师。我是从来没有期待过。中国，中国的人，中国的文学，从我们这一代始，没有宗师，原因简明：没有宗师可言。所谓一代宗师，必得有"一代"，我们没有，没有这样数量上的"一代"。二三子也难找。即使是宗师性宗师型的材料，也至多是以畸人始以畸人终。如果，有朝一世纪，中国具备足够出宗师的"一代"，那么，光是这样"一代"，没有其"宗师"，也很不错了。还早得很呢，还早得很吧。譬如说，那个站在上海四川中路旧书店僻角的姑娘，十四五岁读《王船山文集》，现在大概也在读《帕斯卡尔思想录》，她会不会成为一代宗师呢，我想不会的。我们至多看到怪现象，看不到奇迹。此外，还看到各种轻易就范的理想主义，诺贝尔文学奖是颁给"理想主义"者之流的，要知道在当时，诺贝尔在世之日，"理想主义"这玩意儿是生猛亮丽得很的哩。未来的中国文学的一代大宗师，不外乎是中国式的理想主义者。不是"走着瞧"，我们是瞧不见的，走自然尚可各走各的路。

中华，中华文化，中华文化之精髓，天人合一。天人千万不能合一，天人合一，完了。中华文化是这样衰落的，诚如帕斯卡尔所言，所屡言，人是凭思想伟大起来……思想"非天"，人凭"思想"去与"非思想"的对象较量。"天""人"分立，这仅是"人"的事，"天"本来立着，"人"自己立起来就是。这几乎等于冒昧简言了整本《查拉图斯特拉如是说》，那作者是希腊人，而帕斯卡尔，希伯来人。基督也是"天"，"在基督里"，也是"天人合一"。但西方文化之强旺，强旺在基督教文化不断有异端出现，天人始终合不拢。单就帕斯卡尔而论，他最宝贵的思想闪耀起来时，也全是异端之论，他谨慎，不发噪音，文笔清如水。清如水的文笔不发噪音的异端，基督教就放过了帕斯卡尔——我专拣这些注意，不仅视为这是帕斯卡尔的精髓之所在，而且是整个基督教文化的精髓之所在？基督教里里外外都有异端。对于我，是这样，至少。

你还提到博尔赫斯，他也难说是拉丁美洲的一代宗师。使我又要想起"文化形态学"的老调，拉丁美洲以前没有开过花，终于开了。这岂非等于说已经开过花的民族，就再也开不出什么来了。这又岂非等于说，越是已经开不出花来的民族越以为能开花，从前不是开得很好么。其实问问从前开的花是什么，都已经不知道，不知道了。

我想念那本《朝霞》，犹记得有一节是把思想家比作漂鸟，本是各自奋飞的，偶然在中途岛上休憩时遇见了，稍栖之后，又分别启程，"前面还是海呵海呵海呵"。

M. X. 九月二十一日

84

晚来欲雪

一

刘勰，司空图，他们的菜单比菜还好吃。当今的文论家做出来的菜，比菜单还难吃。

二

农夫有一条牛，一匹马。

某日早晨,发觉牛被偷走了,因为牛棚的门没有锁。

耶稣说：

"你从今以后，要将马厩的门上锁。"

农夫说：

"人家偷牛，与马有什么相干？"

三

有时，也觉得人生真不如一行波德莱尔——那是我自己心情欠佳的缘故。

有时，又觉得没有一行波德莱尔中我的意——那是我心情很坏的缘故。

四

"礼"，是中国人际关系学的精髓之所在。不幸孔丘对"礼"的阐扬和实践，在目的论与方法论上整个儿错。

五

道德，是自然生态中最脆弱的一种平衡，破坏了，就最难恢复。

希望出现希望。

六

初临瑞士，牛奶和冰淇淋空前地好喝好吃，后来，只觉得牛奶是牛奶，冰淇淋是冰淇淋。问问最近刚到瑞士的人，答说牛奶和冰淇淋非常之好喝好吃。

爱情？

七

遗失了东西，好容易找回来，欢喜非常——人类在所谓进步进化中能得到的福祉，就是这些。欢天喜地，终于获得的，是本不该失去的东西。

现在大家处于多重"遗失"的状况中，"找回"的希望极微茫，因为极少人在追索，而那些东西又不会自己走回来。

或曰：遗失的究竟是什么呢？

连遗失了什么也不知道，那就等于没有遗失什么。

那就，处在"等于没有遗失什么"的状况中——那就，这个"状况"也将遗失。

八

普鲁斯特（M. Proust）的文体，纪德（A. Gide）认为读来如置身于极乐河中。伍尔科特（A. Woollcott）的感觉说是像躺在别人洗过的脏水中。

纪德的话，我认同。伍尔科特的话，我也认同。

九

诗人每擅散文，海涅，梵乐希，纪游论述，动辄轩轩霞举，逸姿天纵。易安居士《金石录后序》，叙身世，抒悲愤，无韵离骚，天鹅绝唱，而后篇引"分香卖履"

一典，大失当，彼贤伉俪，何姬妾之有？

十

悲伤有多种，能加以抑制的悲伤，未必称得上悲伤。

十一

如能将"理智"迸发得宛如"热情"那样魅人灼人，就分不清是思想家是艺术家了——曾在德国见过两次（不止两次）。

十二

梭罗啊，有便请来玩玩，我住的是五英里外才有邻居的小木屋哪。

十三

临风回忆往事，像是协奏曲，命运是指挥，世界是乐队，自己是独奏者，听众自始至终就此一个。

十四

忽然喊道：哈里路亚，我终于又遭人嫉妒了。

十五

自来鄙视爱情至上主义者之流，正是这种人辱没了爱情——奥古斯丁的《忏悔录》，明明是爱情至上主义者的痴迷伤感，用在神的身上了。

这并不使我诧异。诧异的是别人读此书时难道无所觉察。

十六

爱情，亦三种境界耳。少年出乎好奇，青年在于审美，中年归向求知。老之将至，义无反顾。倘若俗缘未尽，宜作爱情之形上研究，如古希腊然。

十七

写不出情诗是日日相伴夜夜共眠的缘故——文学家与世界切忌如此而每每如此。

十八

伟大的艺术家，并非后来伟大起来，是一起始就伟大——尚无作品的伟大艺术家，具备作品的伟大艺术家，区别仅在于先不为世知，嗣为世尽知。

"我，但丁，美名远扬，永为世人景仰。"

这声音，一二八〇年就响起在亚利基利的心里，到一三一五年迫使他吐露出来。一三二一年诗人卒——

现在是一九八六年。

十九

"读者选择作者""作者选择读者"，两个命题并存。

看来是"读者"在选择"作者"，其实是"读者"被"作者"选择着的。

二十

……狄更斯的，有托尔斯泰读。托尔斯泰的，有福楼拜读。福楼拜的，有纪德读……

有一个这样的读者，可以满足，满满足足。

二十一

一件艺术品的初稿，往往是个错误，往往是个耻辱……就是它，最后成为杰作——为何必得以错误、耻辱始？为何艺术家自己会觉察它是错误、认清它是耻辱？为何二稿、三稿、四稿……相继选出的错误、耻辱都被勘正涤净？

艺术家的神奇能耐就在于此。

（不成其为艺术家者的宿命亦在于此）

二十二

许多事，如果是杜撰的，就立刻索然无味。

越精炼其思维其官能，便越嫌弃"虚幻"而悦取"真实"。

人，不足诠为芦苇哩。人是薜萝，凭其细小的灰色吸盘，暗附着"真实"。尽管那"真实"含有虚幻性，总比含有真实性的"虚幻"好。好什么？好在尚可暂栖于该范畴中，应用并消耗思维、官能、遣度属此一己的"时""空"，即所谓"生命"（生命必得假借肉体，荣耀的卑污的肉体，思维和官能之所在）。

二十三

政治路、宗教路、哲学路、艺术路……我目睹不断有人出于强烈的上进心而笔直地向下坡走去……

二十四

欧阳修诚实，"书有未曾经我读，事无不可对人言"。他是这样。论上句，大家都这样。下句，自然是指概念，概念上的品性品格，具有"事无不可对人言"的高尚纯洁。若说在行为上，欧阳修也做不到，做不全。隐私之必要，韬略之必要，古今同情同理。

书多未曾经我读，事少可以对人言。

二十五

南宋词人的颓废，认认真真精精致致的颓废，确有许多愁，双溪的舴艋舟载不动。更南的南渡之后，饱食以群居，痴而偎薄，捏造出许多愁来推销。那许多愁呀，加在一起也装不满舴艋舟。

94

二十六

如果我也胆敢揭持艺术进化论，有脸面说现代艺术超越古代艺术、福克纳打败福楼拜——那是多么好，多么阔气。

二十七

哈尔滨，星期日，上午，钟声大鸣，男女老少一个方向走。问：

"上哪儿啊？"

答：

"喇嘛台。"

再问另一些人。答：

"上喇嘛台哪。"

眼看各路来的男女老少走进宏伟的教堂，大概是东正教，因为哈尔滨多的是白俄罗斯亡命者，教堂是他们起造的，洋葱头屋顶。

信徒们都很虔敬的样子，其中必有十分虔敬的，一辈子了，几代了。

几代都一辈子虔敬地在天主教堂中做礼拜，以为信的是佛、菩萨、喇嘛。

二十八

古早的艺术家，每以"天才""谪仙"相称，因为彼此底子厚，功力深，抱负大，目光如炬，一见禀赋卓越者，便慨然高度美誉之，顾盼乐甚。

当今的艺术家倒并非特别冷静理智，也非格外谨慎谦逊，而是底子薄，功力浅，谈不上抱负（至多是野心），目光如豆，无能辨识禀赋的高下。时时处处计算着：称别人为"天才""谪仙"，那么自己呢？假如那被自己称为"天才""谪仙"的人，不以"天才""谪仙"回敬，岂非大蚀老本。

古人狂放而慤厚，古时候连凡夫俗子都明白：唯有"天才""谪仙"，方能发现别的"天才""谪仙"。

然而当今的寂寞，倒又并非由于上述的精明者所造成，而确凿是"天才""谪仙"之流长长久久没有降生了，所以不能埋怨那些特别精明者之流。试想：在没有"天才""谪仙"的世纪里，大家互称起"天才""谪仙"来，那就更不像话哩。

当今的寂寞是活该的。活该寂寞。

二十九

面对陌生的艺术品，在认知领略之前，自处于呆愕的状态中，如蜻蜓迅振翼，借以定在空中——这样的大抵是智者。

其他的人一点呆愕也没有，其他的人对艺术品（以及别的事、人、物）反应都极其机敏：不理解即误解——这样，彼所理解的少之尤少，所误解的多之又多。这样，就不是智者轻视愚者而是愚者轻视智者了。

三十

欣慰奚如，眼看《传灯录续编》正在纷纷纂制中。之外，涌动的现象大致三类许：

一　票禅——犹梨园韵事之客串，分外雅，雅到发俗。

二　剿禅——窃劫前人牙慧，大言、不惭、大言愈大。

三　嫖禅——狎弄典故，僭立公案，众既哗兮，宠乃取焉。

正在海内外涌动着的现象们，索性大涌大动一番，倒也值得归而纳之，写它一部《灭灯录》，缕纪各宗熄法，然后，如是我闻，禅已被活活弄死了。

三十一

甲讲了一段话

乙说：对。

乙讲了一段话

甲说：对。

《对话录》原来是这样架构的，"对"也有，"话"也有。

三十二

苦行和祈祷，无能赎回"童贞"，唯借韬略，布阵役，

98

出奇策,明明灭灭地巧战恶斗,以求保定生命,然后（假如是文学家）一个字一个字地救出自己。

那终于赎回来的,已非天然的童贞,天然的童贞是碳素,赎回来的童贞是钻晶。

三十三

唯中年的无知者可怕。年幼无知,很可爱,来日方长,说不定将是个哲师圣雄。年老无知,也可喜,终究快要结束其如假包换的真的废话了。

三十四

有的作家把五脏六腑提在手上的,如果将这五的六的往稿纸上一摆,便是文章,气味阵阵散开,读者围了拢来——因为真是这样子的,只好这样子记述,不需再加形容描写。

三十五

凡是认定一物或一事，赋之，咏之，铭之，讽之，颂之，便逐渐自愚，卒致愚不可及。中国文学每多此类荒唐行径。

三十六

神话有时很不公道，斯芬克斯好容易构想了一个谜，给路过的人猜，后来好容易被猜着了，理应很开心，引俄狄浦斯为知己，一对好谜友。但神话却规定：谜一破，制谜者就死掉。论家认为自有深刻的象征意义。我想想觉得也没什么好想的。很乏味。另外，更乏味的是文学上的斯芬克斯，那文学上的俄狄浦斯刚到跟前，谜还没有听清楚，谜底倒清清楚楚聆到了。而且那文学上的斯芬克斯还认为这是一桩漂亮的公案。

（"公案"之谓，宜旁人提，后世提，如今当事者出面做广告，成了"快餐禅"了）

三十七

读希腊的诡辩家、诉讼演说家的遗文，只觉得声调铿锵，气宇轩昂……表陈的究竟是什么，那就不甚了了，清楚的是古时候雅典人身体很健好，古时候爱琴海天气很晴朗，海很蓝，天海间披白袍的男人走来走去，高声讲话：

"雅典人哪……"开头总是这样的。

对于古希腊的散文，我安于"不甚了了"的状态，以求歆赏他们的风气、风度、风情、风范，这样，我很逸乐，就像也披了白袍，在天海间走来走去：

"雅典人哪。"

三十八

先前的艺术是水果鲜果，后来的艺术是果酱果冻。

三十九

　　每种景象，都使我支付一脉心情去与之适应，即是在外出购物的短短途中，因此也时而欢悦时而哀愁，其实都不是自己的欢悦哀愁，我单个人哪会有这许多欢悦哀愁呢。

聊 以 卒 岁

一

　　"听着您的琴声，我总感到是在与您促膝谈心，甚至，似乎是跟一个比您本人更好的人在……"侯爵优雅地将双手按在胸前。

　　德·居斯泰因侯爵，留名于《肖邦传》。

二

两者都不好受，两者相较，托马斯·阿奎那比奥古斯丁好受些；阿奎那还知用直线，奥古斯丁全部曲线，极尽伤感之能事（对奥古斯丁并不诧异，诧异的是别人怎会受得了奥古斯丁，而且赞美有加）。

三

古人作寓言，匠心既成，戛然而止。今人用小说、长篇小说作寓言，实在拖沓乏味，一则寓言能包涵多少，几万字烘托，太劳累了。

卡夫卡的《城堡》等等，命意都极好。然而难怪他临终嘱咐至友将遗作全部付之一炬。

四

托尔斯泰平生最喜欢那种不含恶意的愚蠢，然后，他自己作了很多不含恶意的愚蠢的事，让我们喜欢。

（托尔斯泰身边的人，曾把恶意含进了他的不含恶意的愚蠢里，这是我们在喜欢中可以拣出来扔掉的。如果不会拣，拣不出来，那是因为本身的愚蠢已为恶意充满，不必也不该接近托尔斯泰）

五

志趣高尚才具卓越的人，由于照料周围的庸碌之辈，而施施然自己没落了。

谁表同情，谁也就施施然……

六

原来是这样，不过是这样——把自己的事当做别人的，把别人的事当做自己的。

长期长期旌表着这种混淆，大抵还要旌表下去，大抵已经碰壁了，大抵碰壁之后有人要把自己的事由自己来做，大抵又不让别人做别人的事，大抵在不让别人做别人的事的状况下自己也做不成自己的事。

七

只只钟表都拆开来看，却不知现在是几点几分。

（这样，已可以，然而读者的范围缩得太小，姑且改写如后）

古国人哪，只只钟表都拆开来看，看厂名，看制造年份，看各部件，看机芯结构，看新旧成色……

问"现在是什么时候啦"，甲说"不知道"，乙说"谁知道呢"，丙说"要是知道就好了"。

（这样，已可以，然而……那么，只好……）

古国的学者哲士评论家以及学者哲士评论家之流，以及之流的客厅里螃蟹般坐在沙发上的客人们哪。

八

如果人物分三流。

二流与三流值，但闻二流之声。

二流三流与一流值，但闻二流三流之声。

一流之声一流闻，三流二流是闻不到的。所以三流二流始终认为除了他们，实在没有别的。所以三流认为至少他是二流。所以二流认为他是一流无疑。

这样：一流阙如。三流因为自以为是二流就不成其为三流了。二流因为自以为是一流就不成其为二流了——这样，一流二流三流都没有，只有四流，四流本来是没有的，是二流、三流滑下去滑成的。

只有四流时，不成流了。

九

也许志不在大而也许在高，文学家。

志大，就要去载道，那很好，既载之则多多载之——文学沉了。

文学的载量有限，除了道，别的东西，文学也载不动多少。

（道又何必靠文学去载，是呀，道可以自己来，文学算什么。是呀，要靠文学载，还算什么道呢）

也许文学家志高，高，所见者大，所言者或小而所指者不小。也许志高的文学家先就看出文学本身大

107

约好载多少东西，继之看出他自己的文学可能载多少东西，继之又看出自己要载的究竟是什么东西——这样之后，也许文学就不沉，暂时还载得动，暂几何时，十年百年千年不等。有的文学什么也不载，可以飘浮一番，飘浮而已。

怎样的志称得上高？（也许志高的文学家是不这样问的）

那么志又怎样高起来高起来？（也许大抵生而高之，小抵看了大抵的样，高起来了）

十

亟欲达到精致而弄成了粗陋的东西最难看。

十一

作为第一流天才的子女是不幸的，智慧、精神已为乃父占尽，他又极自私，他的人或不自私，他的天才势必自私。

（作为没有天才而崇拜天才的人的子女最幸福，乃父寄厚望焉，子女享受到天才的待遇。后来固然什么事也没有发生，而其子女有一点特征与天才的特征相同：骄狂，非常瞧不起那个"乃父"）

十二

有一类作家是写给"未来"看的（这些作品给过去的某几个朝代的某几个人看，也很合适，因为他们也是"写给未来看"的一类），而与这类作家生于同代的人看了这些作品，骂了，骂法有二："这种东西根本不是文学"，"这种东西早就过时"。

而同代的另一些人（极极少），能知这些作品是写给未来读者的，侥幸提前读到，默默地分外高兴，分外高兴，以致默默了。所以这类作家始终只有机会听到骂声，没有机会听到赞声——幸亏这样，他若听到赞声，会悚然停笔，怀疑自己写不到未来中去。

但这类作家并不爱听同代人的咒诅，因为他自来不存为他们而写的心，犹如他没有送礼物，人家怪他的礼物不好。

十三

穷得难受了，以及富得比穷还要难受了，就发生复杂的龃龉剧情，所以古国的人总是纠缠不清，永无宁日——非穷即富非富即穷，因为一比较，不是显得穷了便是显得富了。古国的人天然地好比，从早比到晚，从小比到老，临死，犹比，死后，还可以比——所以富的是浊富，穷的是溷穷，所以有那么许多出不完的没出息。

十四

一项以十多个工业国的国民为调查对象的研究，显示：

丹麦人、瑞典人、瑞士人、挪威人，最满意自己的生活。觉得自己最不快乐的是希腊人、日本人、意大利人、西班牙。美国人居中，较英国人好些。

中国尚非工业国，没列入——中国人有一半最满意自己的生活而最不快乐，还有一半是最不满意自己的生活而最快乐（妻子是前一半中人则丈夫是后一半中人，丈夫是前一半中人则妻子是后一半中人——你说呢）

十五

当人们热衷于排列"十大思想家""十大文学家"的时候，岂非在反证那十个思想家、十个文学家，少有裨益于世界，否则世界何致热衷于排列此种败人意兴的花名册。

这又岂非在反证，既然思想呀文学呀没有多大好作用，那么称之为"大思想家""大文学家"也是不得当的，枉然的。

上述两则"反证"都欠正允。

大思想家何止十个，大文学家何止十个，无从分名次，没有最大可言。他们知世界，世界不知他们。何以见得，有以见得的：凡是热衷于折腾"十大思想家""十大文学家"的人，都出于不明思想家的思想、文学家的文学之缘故——除此缘故，倘若非要找出别的缘故来，那就越发不体面了。

同时令人想起那则"二桃杀三士"的中国典故来，幸亏那些思想家文学家都已作古了的。

十六

修身——好玩。齐家——不好玩。治国——好玩。平天下——不好玩。因为，因为修身可能。齐家不可能。治国可能。平天下不可能。比起来，治国最好玩，堪惜很少大玩家。

十七

颇多文学家是颇想玩治国的，没有机会，本身注定了是文学家呀。平时羞涩于夫子自道，又还是吞吞吐吐坦呈无遗，曹植，曹雪芹，但丁，哥德，都这样，然而文学家始终没有机会畅快地玩过治国，究竟能否胜任，无从评断。

用文学来治国，每次实现在书本上，高尚其事——后来只剩高尚，没有其事，后来硬要其事，就不高尚了。

十八

"害怕自己不够真诚。"

安德列竟会这样想。

"一个人开始写作时，最难的就是求得真诚。"

安德列·纪德怎会有这样的念头。接着又说：

"应该把这个想法注入脑府，并为艺术的真诚下一定义"——这像是罗曼罗兰的声音了。

"词句绝不可先于想法。"

词句与想法互为先后，想法带出词句，是语言。文学之胜于语言，正在乎最珍贵的想法，往往是被词句带出来的。

"好几个月来我备受折磨，害怕自己不够真诚，所以无从落笔。倘能完完全全真诚……"

葡萄含有水分，不必要求葡萄滴水滴个不停（葡萄以嫩瓤薄皮把水分含起来，甘味、酸素、芳香与水分合为果汁，果汁也仅是构成葡萄的一个要素）。如果比喻到此而不止，那么葡萄酿成酒，比喻再起：酒含水分，水分不等于酒。艺术是真诚的，真诚不即是艺术。

使纪德如此惶惑的"真诚"，已经不是真诚了。

（他在一八九一年十二月三十一日，关于"真诚"，作这样的自诉自谴。其时他二十二岁，后面有六十年的历程来思考"真诚"——卒未安顿好吗？）

"真诚"，无所谓多无所谓少，无所谓足无所谓乏。除非没有真诚，才会茫然于真诚。

我尚未读竟纪德日记的全部。

十九

听说，世界大战前的德国青年学生人手一册《查拉图斯特拉》，战后呢，人手一册的是《道德经》——未免言过其实吧。

只当它言没有过其实。设想：大战前有个汉斯，看到别人都在读"尼采"，觉得，还是来攻"李耳"的好。

大战后，有个威廉，发现四周都是"李耳"，他想，岂非是瞻赏"尼采"的时候到了——这样的青年总是有的，中国也有，何况德国、法国、英国、美国，何况除了李耳、尼采还有很多书可读，何况不一定要大战之前、大战之后。

二十

从前的人们，对"潜意识"无所知，后来略有所知而不予承认它的可能涵量，这也没有什么好怨的。毕竟大家都不明白，当初对人体的血液循环、呼吸、消化系统全是糊里糊涂的，怨谁呢，不是也活过来了么。

"潜意识"的理论很快成为学说。其实一千四百年前就已开始有人探索，可惜限于东方，限于佛经，那名为"阿赖耶识"的一番精究，没有衍展为世界性的学说，而且就在这样的局限中自生自灭了（东方智慧的命运总是如此），东方人呆等到十九世纪"潜意识"理论从西方传来，先是大惊小怪，而后在半推半就中普遍认知（东方人不断扮演这种角色）。

偷食禁果，只是好奇，亚当、夏娃在不辨善恶的状况下，接受蛇的怂恿，何辜之有——直到纪德、莫里亚克、葛林……在文学作品中写"无意识行为"，流露出一种幸灾乐祸的、巴不得如此的亢奋，此类舛戾的心态，才突然使我觉察"人"有"原罪"（非指无意识行为，是指亢奋的舛戾心态）。

"理性地"探索潜意识，乏力而乏味，我转向"意识"和"潜意识"交界处的剧情。也许文学的一半前途即在于斯。

诗和梦，正相反——梵乐希然之，余亦然之。

只有机智透顶的人才可望重显憨厚。

二十一

奈何不得的是，明明被托尔斯泰伟大了一番去了。

二十二

法国诗人兰波、俄国诗人马雅可夫斯基，面容很像，像极了。

兰波的相片摄于一八六九年。

马雅可夫斯基的相片摄于一九〇九年。

智利诗人聂鲁达把这两张相片挂在一面墙上，酷肖的程度，认为有某种神秘天谕。

我认为：偶然，纯属巧合——偶然的巧合的以上的意义，绝不是聂鲁达能说得明的。

（聂鲁达果然说了，说一大篇，果然越说越糊涂。因为聂鲁达的脸不像兰波，不像马雅可夫斯基）

二十三

于是，各有各的爱

塞尚爱苹果

托尔斯泰爱农民

我爱托尔斯泰和塞尚

（有时也呆看农民吃苹果）

二十四

说得好，那真是说得极好，记不起是谁了，说：

兰波是亚当

马拉美是夏娃

苹果呢，塞尚

（那么，说这话……蛇）

普林斯顿的夏天

因为今晚是个夏夜所以那时候也是个夏夜，

将被议论的人曾经住在浓荫中的屋子里于是仍然从浓
荫中的屋子伊始。

惯说这里秋天怎样冬天春天怎样而夏天草木更其绿得
好像要发生一件什么事。

学生度假去了教授出来走走滞缓的步履在曼哈顿大道
上是不谐的衰象在常春藤学府的小路上是知识沉淀的
重量。

夏天的普林斯顿除了一栋栋楼一棵棵树依旧是一口不

必再敲的钟一个坐着读金属新闻纸的金属人还有一条
凡是大学城就天然会出现的街，

物品从来没有便宜过所以就不致觉得昂贵难以接受。

沿街橱窗商品陈列稀朗无致蒙着淡淡的尘粉玻璃翳一
层如果没有也并不就好的人与物的私淑疏离，

那是指粗呢男上装单件的春秋咸宜的男上装向来配之
法兰绒裤或灯芯绒卡其等裤也是可以的，

算是昼间便服上课穿旅行穿大学生最为适龄基本色调
是灰然后青灰栗灰紫灰，

然后青灰为主则夹入栗灰紫灰而栗灰为主就使青灰紫
灰夹入，

紫灰亦可为主那么栗灰青灰辅之然后或斜纹或直楞或
十字织或人字织有什么可笑的？

可笑的是父亲舅舅父亲的舅舅和舅舅的父亲如果他们
大学时代的上装还保存在箱柜里它们就是这样的配色
这样的织法。

还有可笑的1此类配色和交织何以代代流行人人引为
新颖时髦2比较每时期每年度的配色法交织法乍看颇
相近似细辨很不尽然3距今愈近愈见配色交织的机巧

恣肆4裁剪款式缝工的变化改革是在冥潜中进行的因而从不见决裂性的转向。

远眺的纵观是诸款式周而复始却又不会世袭原样各自增添点减少点夸耀点含蓄点不停不倦幻演着，

其中也有明明劣败的款式竟会流行一时直到流行过了才看出诞谩来当然已是前尘旧梦了。

普林斯顿小街的橱窗中的粗呢男上装虽则四十年前六十年前也是青灰栗灰紫灰也是十字织人字织外贴袋一线袋狭领子阔领子单开衩双开衩两粒纽三粒纽紧窄窄宽松松，

虽则都脱离不了去之又来僵而复苏的款式总谱但亦无疑越变越伶俐乖觉越容易快快过时因而越不求耐穿以示了悟时装莫须传代那是普遍明智，

毋庸讳言确是比父亲舅舅父亲的舅舅和舅舅的父亲的霉了蛀了樟脑味刺鼻的纪念品要舒服得多漂亮得多了，

就只爱因斯坦不修边幅是因为早晨没有名望穿得漂亮也无人注意中午声誉既大穿得不漂亮也万方瞩目傍晚却有种种轶事在背地里飘摇起来，

说什么层次过于繁复的芸芸众生只能听听俏皮话那些实心话就成不了金字箴言至少箴言者无非是实心的话俏皮地说才会昔在今在永在。

所以每天都是圣诞节每天都是愚人节或者上午过完愚人节下午圣诞节开始了，

节日中议论不停的是物理学家和其他学家一样如果后来未能蜕升为某个不必借艺术品而可作艺术家论的人那就怎能膺许为本世纪最难忘怀的智者中的尤物呢。

普林斯顿附近的松鼠野兔浣熊韩国泡菜日本寿司不能算有学问而是楼的投影树的布叶都很有学问的样子，

观赏初启面对很有学问的样子便认定很有学问常常要从误会中吃惊而醒，

倘若已临观赏的后期大致不再会错例如爱因斯坦的发和脸和烟斗和羊毛衫都很有学问的样子，

学问的样子徐徐凝聚为道德的样子徐徐酥化为惫困的样子他老了宁肯反讽他为犹太迁圣，

物理不复在怀他日益缩小缩成一句话被好事家请了工匠来把这句话铭刻在演讲厅的壁炉上方逗得见者无不动衷全勿知凡是被双手捧去铭刻在永久性的物体上的

箴言都只是某一个人的某一句脱口而出的话，

那壁炉上方铭刻的"真理并非不可能"已与宗教哲学物理音乐全都毫无早出晚归的初极终极关怀，

一句脱口而出的话到了被精精致致雕凿起来当然成了高密度结晶弥撒。

做罢弥撒步出演讲厅游目于楼的外观那故作原石糙状的墙面也是青灰栗灰紫灰的悦目混合，

服装商和建筑师竟会在体现知识的表象上手法不谋而合岂非同时承认知识早已不可能黑白不可能三原色而早已沦为一次混合二次混合……

去年夏天在林荫小屋中用过的笔记本今年翻到了那么一行——法国人大体上都知道自己说的话是什么意思——没有加引号没有注明出处而自忖去年不可能有过这样轻率大度的结论性的推理。

今年姑且同意并擘分其要点1法国人2自己说的话的意思，

再把第1要点转至琼斯楼即把法国人改为犹太人然后接以第2要点那便是犹太人是否大体上都知道自己说的话是什么意思，

再转而向外扩散为法国人犹太人中国人是否大体上都知道别人说的话是什么意思，

犹太人爱因斯坦赞美起法国人罗曼罗兰来的时候有个中国人就只好悄然引身躲到走廊一角去抽烟。

并不就是琼斯楼的走廊普林斯顿许多建筑唯有那则短短的过道略具中古经院的余馨，

过道入口的上部有个半圆的立面乃以褐石制作浮雕人像高肉浮雕，

浮雕的头顶皑皑的白色是新积的或融残的雪普林斯顿夏季竟见此处有雪俄尔明了这是宿垢的鸽粪，

雪与粪恒分于两个概念范畴无奈错觉仍然隶属于感觉。

那句铭刻在演讲厅壁炉上方的箴言之所以引人动衷的起因是否仅仅出之隶属于感觉系统的错觉？

偶尔经过这座壁炉前或特意站在这座壁炉前的人神态肃穆凝眸箴铭，

动衷者并不动衷而佯作动衷者小有动衷装出大动其衷者有谁知晓"真理并非不可能"是第二句，

第一句不见了除非出现在别的壁炉的上方那是别人的未必又是犹太族者说的，

宿命是谁也不肯说这句话因为它太愚蠢太残忍说出来也不会成为箴铭，

任何演讲厅的壁炉都拒绝在它上方刻一句愚蠢残忍的话，

这样怀着一句刚刚咽回吞没的话施施步出演讲厅浴入阳光熏风中悠悠芳草如茵那就行近校长的住楼校长后来并不住在里面

校长不知爱因斯坦教授的遗训本来是两句被咽回吞没了前一句，

倘若掉过来说那么壁炉上方的是第一句下面还有第二句不见了。

如茵的芳草徇着石阶伸向小小的花园不会有愚蠢残忍的东西僻匿在这个以"远景"为名的普洛斯佩小花园中，

小得也有作为中心的喷泉作为图案的畦圃于是也有环形然后分支的蜿蜒幽径，

特定夏季绽放的草本花侔里夹杂着原系春事竟犹未了的姹紫嫣红，

这还不是神异的原因神异的是应由四面群植的绿树来营造蔺象，

125

园子小小周围直耸的树就表示很高阳光要从树的顶梢射下来散在草上花上喷泉上这样整个园子就很晔亮，

周缘森森的林薮巨屏似的挡着就很像外面没有阳光外面什么也没有外面很暗很荒漠唯独花园很实在很清晰很葳蕤，

小孩和妈咪爹咄在畦圃幽径间移动为主的仍是丛丛簇簇穗穗不及分别名称的草本花，花的第一性是色是因为别的物类的颜彩比不上它才叫作花。

此时的普洛斯佩小园就像反而夏季是花的盛期春天的草和树又何能如夏季的卉木苍翠得发乌发晕，

这仍是指环植的高矗的树所以阳光故意银亮地集射下来也不致耀目，

园子处于洼地接连的石阶级数虽不多已经明显是亩洼地，

因为石阶的最初横开去有一座方方的敞轩从园中回望便需稍作仰视，

三面透底的玻璃墙内的人的脚似乎都看见几许男士楚楚然端坐在长桌边桌布就洁白极了，

隐隐绰绰饮酒交谈状如静待什么出现于是真的出现披纱曳裙的女子从长桌的一端沿边紧步到另一端，

那样应是婚礼至少是婚礼后的庆宴隔着玻璃更不闻声息只知是和演讲厅壁炉上方的箴铭同样的并非不可能结婚并非不可能，

同样前面还有一句或者后面还有一句是很愚蠢的很残忍的，

新娘不曾对新郎吐露新郎未尝对新娘倾言犹太人都这样法国人都这样中国人都这样大体上都知道自己不说的话是什么意思。

愚蠢的残忍的话被修长的苍翠的树屏挡在外面尽由普洛斯佩小园皈依并诠释壁炉上方的箴铭而壁炉上方的箴铭皈依并诠释普洛斯佩小园，

至此阳光便异常银亮而毫不刺眼地从树尖洒下来甘愿殉为和声，

犹太旋律说"并非不可能"阳光率领花卉喷泉孩子妈咪爹咂新娘新郎齐齐伴奏并非并非并非不可能结婚并非不可能真理并非不可能统一场论并非不可能夏天的夜晚四顾无人偷偷地擦根火柴并非不可能。

另一句以德文刻在琼思楼中的犹太旋律宜于做演讲厅

内的箴铭的注脚"上帝是狡黠的但它并无恶意"。

试将阿奎那的书和奥古斯丁的书叠置于天平仪的一端另一端用薄纸写上这个犹太旋律,

单凭"狡黠""恶意"两词的分量就重得猛地压下来而一动不动了。

两词中仅其一采用否定式即使两者都直接取否定意义也还是开脱不了是霎眼睛的暗中传递消息的那种嫌疑,

如若径自套用为犹太圣人是狡黠的但他并无恶意也仍是止于陈述而不足臻入辩难,

徒然使诸狡黠者援上帝为同调剩下的区别只在于其余的狡黠者无不含有恶意一心揣摩怎样才能使上帝觉察不出彼的恶意而反误以为是善意,

否则也没有教皇教宗暴君昏君荒淫酷歃血流成河这些忙坏了史官的壮丽场景哪,

即使区区如黑格尔逻辑学中的那个卖鸡蛋的妇人也自以为足够有法子使上帝欢欢喜喜地买去她的臭鸡蛋。

要是换言上帝毫不狡黠绝对勿含恶意这又岂非成了一项虚怯而激楚的辩护词,

只有对簿指控时才出而辩护然则有谁指控上帝狡黠成

128

性动辄含有恶意了呢，

并无指控却蓦然设计起辩护词来这会招致假想敌按住此句德文箴铭加重语气一直往下推卒至判断为何止是狡黠何止是含有恶意。

好了吧所以期而然不期然而亦然每天都是圣诞节每天都是愚人节了吧。

介乎圣诞节与愚人节之间的是几句忘其所以的闪闪隽语，

待到发觉那类命世而永传的箴言原来都是即兴的俏皮话的某个夏天的普林斯顿夜晚，

便可以莞然领认一番又一番宗教的哲学的物理的猜谜方法总归无能无益无绪无志趣，

这才各自狡黠地各自不含恶意地把短短的一两个句子习练得分外典雅有弹性使得语气胜于词义。

明知进而攫取不到方法就退而暗中维持态度古早的智者贤者已熟悉于这般消遣圣诞节与愚人节交替之际的几许祥和瞬间，

一朝朝一代代的著名箴言只是隽语只是即兴的脱口而出的非复宗教非复哲学非复物理伦理论理的忘其所的

纯以语气见胜的俏皮话，

这时普林斯顿夏色犹未阑珊白昼蝉嘶入夜蚊蚋营营爱因斯坦点燃烟斗要用那种木梗较长也较粗的火柴从壁炉架上伸手即可取得，

最近一周以来花粉热又使鼻塞喷嚏搁置了烟斗火柴也就无用，

普林斯顿的夏夜明月当空林薮中的房屋浓黑沉沉火柴划亮又被划火柴者吹熄。

纸片七页烧三页留四页或烧六页留一页都是非常狡黠的，不说德行的支配力理性的控制机能还未足阻拦遏凶造孽的悍烈冲动，

自然的永劫虽亦非远而人为的永劫可以用这七页纸上的公式符号促成于一旦一刹那小花园孩童父母亲新婚伉俪众嘉宾街店橱窗中的粗呢上装都忽然不见，

七页纸姑且烧掉应美国总统之请而写给五千年后的"人"的信姑且保存在地下统一场原理还会被另一个犹太人或其他人发现但愿迟些迟些以待德行和理性丰满成熟，

至少那个后来的发现者自身的德行和理性也足以制衡

自身的智能在必要时再划一根火柴。

他怎敢请求把七页纸片密封进入银行保险柜用法律约定多少年多少世纪后微笑公开，

任何权力集团的特宠间谍都将奉命窃取有史有神话有传奇以来的最大的灵符秘签，

每个秉性狡黠饱含恶意的国王当夜誓师拼死力夺这支万能宝剑这把无门不开的金钥匙。

纸片捏皱抛入壁炉长梗的火柴嗤然作声一个纸团先点着很快延及六个几乎同时窜起小火焰而同时低落为灰烬，这过程比毁灭一个星球要慢得多但不像冬季的松木旺燃的壁炉近景那样歌剧开幕似的好看。

童话中的精灵仙子每当夏夜月升轻扇透明的翅膀飞来飞去漫游巡礼窥见这个犹太人老得夏天也要生火炉呢因为精灵仙子都是非常好奇喜欢随时发问它们从来没有见过夏天的壁炉中的火光而火光闪亮在普林斯顿夏天的壁炉也并非不可能。

下

辑

路　工

良　俪

可能是一对夫妻，进车后瞥见横座有个空位，女的坐下，男的站在旁边，俄顷又将到站，直座上的老妇欠身欲起,女的仰面示意,男的也用目光说"别这样",老妇看清站名，又安坐不动。

车停，老妇提包移步向车门，女的触手示意男的，男的缓缓地牵强地坐下，向女的做了个严厉的表情，女的以含疚的微笑来承受男的这个表情。

外州人，纽约人哪会有这份古风，而且这时已足证实他俩是夫妻，其妻不错，其夫尤佳。

口　哨

高大敦实的中年男子，向对面路边的汽车挥手叫唤，这样宽的路，他的朋友坐在车内一无感应。

他将手指塞入口中，注意到我停步看着——他吹，声低不成尖哨，急切调整手指和口唇，吸气用力吹，仍然无济，转过身来对着我说：

"我很抱歉！"

我笑着道谢，启步往前，心灵有时像杯奶，小事件恰似块方糖，投下就融开了，一路甜甜地踅回来。

哗　笑

阳春三月，上午，曼哈顿第七大道，亚细亚古董店，五级台阶，下三级排坐着二十来个年轻男子，我匆匆而过，只看见他们发上肩上的明媚日光，不防他们别

136

有用心，后于我的一个路人中计了。

"哗……"

这群大男孩笑着，摇着上半身，宛如风岸的芦苇。

人行道上有一只小小的黑皮夹，几张钞票稍露其角——过路者可分类为：

一、像我那样，没看见。

二、用鞋尖拨了拨，走过了。

三、弯腰伸手去捡——"哗……"台阶上一片成功的欢啸。

中计者听到"哗"声即已恍然小悟，趣味还在于种种反应之不同：

A——扔下皮夹，目不旁视地疾步朝前走，这类最多。

B——举起皮夹向哗者们掷去，这类大抵是男的。

C——丢掉皮夹，骂几句，再回身边走边骂，这类总是女的，黑的。

D——在哗声中安详开夹，取出钞票，佯装入袋，在更兴奋的哗声中将钞票还原，皮夹仍置于老地方，这类是年纪较大的"绅士"，从前也是此种把戏的玩家。

E ——锋头十足的摩登女子，正以天仙之姿走着，忽以凡人之态作俯拾，哗声一起，她像甩掉烫手的煎堆，直起腰来霎时难复天仙之姿，几秒间，仅仅是背影，怒意、怨意、羞意、惭意，混合着显露……

原来一个人的背影是这样有表情的。

雪　礼

每年首度大雪之夜的翌晨，走在路上，对面相值的人会向我微笑，容或我的微笑先于彼吧，而感觉上是同时展示的，礼貌话也同时说的。

大雪之夜的翌晨，向我微笑而致礼的路人都是美洲人、欧洲人。

一个个神色峻峭而淡漠的中国人，小步急走在美国的雪地上，其祖先是最重礼貌最善微笑最懂赏雪的中国人哪。

邻 妪

我对他说：

"别人有邻家男孩邻家女孩可看，我的西邻是幢空屋，东邻是一位老太太，背已驼，骨瘦如柴，支着拐杖，移步来到汽车前，拐杖先入车，她颤颤抖抖坐进，拉上门，扣好安全带，突然绝尘而去……"

他笑了，认为很好，很现代，我们一同笑。

他说：

"你捏造？"

"真是这样的，老太太，汽车，是这样呀。"

"老人开车哪会这样快速？"

我认为他的话也是中肯的，可是在我的印象中，那老太太确实是慢慢出来，颤颤坐进，然后，绝尘而去……

险 象

欧陆的都市，所以有情趣，都因历史长、人文厚、风味当然醇粹，格林尼治村算是纽约最有逸致的区域了，总还嫌有这么点虚寒虚热，不三不四——我克制着，免得多鄙薄它。

路边蹲着一个姑娘，膝上竖着纸牌：

"我不出卖我的身体，请帮助我！"

过路的中年男子对她大声道：

"你该去对你爸爸这样说呀。"

"爸爸不听我的话！"

男子已走远，她还在咕噜"爸爸不听我的话"。

她说着，扭动两肩，脸也俯仰转侧，嘴唇开合得很有风韵，如果她是一只鸟一只松鼠，就什么事也没有，她却是一个人，在美国，在任何国，随便古代近代，都会险象环生，这点点容貌，这点点青春，够毁灭她。

面对她，有神论也错，无神论也错。

仙　子

琼美卡四季景色皆可爱，秋深枫红尤难为怀，路上终年少行人，草木映发若云兴霞蔚，我独自信步慢走，望见前面槭树丛下两个小女孩向我拍手，为什么？她们误认了？

愈近，愈知她们是为了欢迎我而鼓掌的。一座纯白的优雅家宅，丰绿的草坪，木栅栏外才是路，小圆桌摆在路边，两把童椅，她俩显然是姊妹，白纱裙衫淡色五彩碎花，圆桌上一串一串的项链腕链，小珠子也是五彩的、淡色的——她们是商人，自己串珠，定价，希望卖掉，得利姊妹均分。

经过这里的人太少了，成为顾客的可能更少，我装作认真挑选，取了四串，并问道：

"你们是不是觉得这四串最美丽？"

"是的，这是最美丽的四串！"

我付钱，她们交货，彼此道谢。

继续信步慢走，心想：如果回头一看，她们消失无痕，那么她们是临凡的仙子，我是幸运的顽童；如果回头望去她们仍在槭树下等候，那么她们是小小的商人，我是垂垂老去的顾客。

路　工

　　从浴室的后窗下望，十来个修路工人配合着铲土机在劳作，烈日当空，中年者穿上衣，青年赤膊——也由于发胖了不愿出丑，而正当腰紧肩舒、胸肌沛然、背沟像一行诗，夏季不展览更待何时，坐在铲土机车中的那个也裸着上身，翘边的西部草帽，因为，年轻。

　　还有更年轻的，金发剪得短短，推了切割机到窗下来截路面，电转的圆锯噪声很大，扬起阵阵灰屑，他用一方红帕蒙着下半个脸。

　　路面截好，我想，该去洗抹一番——只见他走到搅拌机尾部，开水管，用红帕接之遍擦上身……我想，何不冲冲头呢——他伛下来让水淋在发顶，然后以红帕拭脸……不再防尘，就扎额好了——他把红帕斜对角贴在腹部滚卷，却又抖开，没有对齐？他仔细对齐了再卷，卷就便举臂箍于头上，我想，抽烟——他走近那个也赤膊而长发丰髯的青年，我感觉到那青年的烟已抽完，果然见他耸耸肩……那就去小店买吧——少年奔了，刚及店门，这里有人呼唤，他呆一呆，便奔回来（没事，听错了），我想，还是要去买烟，买食品和饮料——他又向小店大步而去，不一会手捧两个纸袋，嘴上叼着烟……

　　我离开窗台，立在书桌前，点烟，对着灯——"博爱"这个观念，人人以为"爱"是主词，其实"爱"是艰难的，一倒翻便成怨恨，而"博"则既博之后，不会重趋于隘，刚才的半小时中，窗内的我与路上的他，就像我是脑，他是身，我想到什么，他就做什么，反之，也真切，他是作者，我是读者，路是舞台，窗是包厢，况且我曾有过多年修路的生涯，何起何讫，何作何息，经验大半共通，汗之味，烈日之味，灰沙之味，烟之味，饥渴之味，寰球所差无几，刚才的十五分钟，似乎是我思在前，他行在后，其实两者完全同步，但我额外得到一项快乐，鉴于彼此毫无碍误，使这项快乐成为惊讶，那么，"博"真正是主要的，"爱"岂仅次要，也徒然假借了名义，"爱"得疲乏不堪的人，本以为从此无所事事，按上述同步现象的可能性之存在，"爱"得疲乏不堪的人尚可有所事事于"博"，先知比芦苇大，博比爱大多了，爱一定要使被爱的人明了处于爱中，所以烦恼郁毒，而博者不求受博者有知觉，便能随时恣意博去，博之又博，惊讶与快乐莫须再分。

修路工程这一段还有好多天要进行，凡赤膊的青年少年，肤色日渐加深，久旱，高热，空气昏，赭红的皮金褐的毛，望去模模糊糊，那是要想起他们刚来时的白皙，才能说他们晒黑了。

吉　雨

　　蓝灰的家常车，车身濯得清净，心境也清净，凌晨五分，两时前接不着客，便回。

　　雨已止歇，落窗，抽烟。

　　忽然心有点乱，常会想起什么又再也想不起来。

　　前面街口伫立一个白影，熄烟，驶近去……年轻……文雅……举手了……

　　他启车门，她进身前座。便于指路？

　　"去哪里？"

他为她点烟……

"想去哪里？"

"随你便。"

"我是说该送你到什么地方？"

"哦，上帝！"

"请原谅，是我误会！"

她迅速出车，道声晚安，侧腰碰上车门。

车不动，她也不动。

他扭身探出窗口。

她取反方向走了。

缓缓驶过几个街口，折回来，路景变得清晰冷漠，使他意识到原先的迷茫融和，目光左右搜视人行道，建筑的程式，红绿灯的倒影，别的车辆的声音，显得是个巨大的整体，她是一片白纸剪的小人形，不知湿贴在哪里了。

她在酒吧的檐棚下，正要拉门，倏然转体，好像听到有人招呼。

他邀请她，共饮，共舞，不看手表，后来她看了。

送她回格林尼治。

街景融和迷茫，又是密雨。

"哈甘……什么时候开始的？"

"……两年前……你呢？"

"什么？"

"开计程车多久了？"

"也快两年。"

"全在乎小费？"

"是，白天来回长岛，比市内好得多。"

"不会一辈子这样？"

"是，还难说再几时换别的。"

"悌姆，实在你很优秀。"

"懒惰……而且，看人脸色，不如看街景。"

"倔强是最难改的脾气。"

"假如要改，也会倔强地去改。"

"不用改，只有倔强的人才温柔。"

"怎见得呢？"

"譬如说，穿着讲究，就是对自己的温柔。"

"那你是更精妙……我真不懂，你……"

"妈妈，妹妹，我急于拿到学位去工作。"

"快结婚了，明天是她的生日。"

"生日快乐！"

"谢谢，我们想来格林尼治晚餐，哪家好？尔葛瑞？"

"尔葛瑞的厨师死去后，现在只有外州人才慕名而来。"

"阿萨姆呢？"

"很好，你有兴趣可以找老板，说乌拉·哈甘小姐介绍的，尾食中会有威尔斯王子茶……请停下，悌姆，非常谢谢你！"

"哈甘！"

"什么？"

"电话号码。"

她接过笔，在他掌上写了。

沿哈德逊河驰了一程，转回她下车的街角，细雨中黑暗的公寓，断崖峭壁之感。

电话亭的照明下，掌心的字码，汗液渗糊，剩2、5可辨。

翌日发见哈甘坐过的位角有个名贵的手提袋。晚上悌姆与未婚妻来阿萨姆，手提袋托老板转还失主。餐后，威尔斯王子茶莹莹琥珀色，味醇香浓，著名茶商吞宁独家经营。

要账单时，侍者殷勤过来道：

"哈甘小姐已付过了，她祝贺你们生日快乐。"

悌姆被怀疑，解释复解释，婚约还是废去——才看清追问不过是借口，他被厌弃了。婚前曲太长。也正是情意短。

上阿萨姆喝杯茶的兴致也提不起，对食物比从前更挑剔，人却愈见俊逸，一身静气。

乌拉·哈甘接受博士学位的典礼上，悌姆露了面，说几句话，什么也没说。

过一年，哈甘结婚，新郎不是悌姆。

过三年，悌姆结婚，新娘乌拉·哈甘，教堂中挽臂出来，满街都是同样的雨。

　　银婚日，金婚日，记得都下雨，后来，与雨无关，永远了。

鱼 和 书

渔民的目的物是鱼，门前的沙滩上，铺晒着巨网，阳光直照，淡淡的海腥，生活清闲得多了，用机动船作业，英国的渔民都这样。东南部苏佛克郡（Suffolk），位于北海的奥尔德堡之滨，渔民村，锐角下斜的屋顶，为了冬季积雪融落得快些，桁梁用粗糙的原木构成各式格子，可谓欧罗巴古风。

行不多时，就进城了，那些神色不定的游客，见之心烦，全靠本地居民的蔼蔼晏晏，使这里显得可以小住一周。空气似乎特别清新，也是街上行人稀少的缘故，明知这里不发生盗劫案，所以夏天的傍晚……黄昏……静谧的氛围层层深去，夜凉如水，是指如水之澄澈。倘若置身酒吧，烟雾醇气弥漫，好像要快乐就得这个样子。中国的"哈尔滨"，这个名字的意译是"晒网场"，也多渔网，也流行抽烟饮酒，还有不少打靶场，还有一条"马街"，没有马。中国的北方大都吃粗粮，怎么办呢，啤酒是液体面包，反正我停不了几天。酒店在哪里？空跑了一个多小时，只好开口问，才知道凡门口挂有彩色纸球，好歹是卖酒的，难怪沿路时见此种日晒褪色的打裥的纸球高悬楣梁，门和窗倒是关着的，竟是酒店。

推门，一进入便想回身——里面暗，乱，烟气酒味的第一感觉是它们的劣质，那沉甸甸的闷热更其挨人——我是退出来了。

如此三进三退，除非不欲以啤酒充饥，否则就得在第四家进而不退。

在第四家找了一张临窗的小板桌，后窗，窗外污黑的杂物堆得只露一块手掌般大的天空。我身上除了汗还是汗，夏日正午，多走了路，这酒店好比蒸笼烤箱——也许会死在哈尔滨。

要了一公升啤酒，一碟炸青蛙，别的就只有烙饼，绝不接受这种超乎想像的烙饼，铁饼。青蛙本来瘠小，油炸后，无肉可啃——又想走了。

除非立即离开哈尔滨，而要办的事没办完。看别人，另一角的少妇，她的左腿盘在凳上，右腿屈膝，竖以搁肘，抽纸烟，一口，一口，手势分明，碗中想必是白干，轻轻端起，啜呷有声，放下时碗底着桌似乎太重了……扯点儿烙饼，孜孜咀嚼，却已咽落——确实是绝妙的示范，大意是：您也应当如此，您也是一个人么。

奇怪的是我竟徐徐顺从她的无声之谏，开始喝啤酒，啃青蛙腿——感觉自己在履行一项德行。

老板、酒保缩在紧底。另外三张桌子，有男客堆围，面颜衣色槁晦难辨，偶一欠动，才知他们也在饮酒抽烟，而且谈话，像是我的耳膜松弛了，这样近的人的声音这样远，意义不明，他们说的都是"断面"，自有一个共知的整体，只要出示断面，彼此了然心中。

那少妇——中国南方从不见有上酒店独酌的女

人——时而全踟，时而半跌，一口一口手势分明地抽烟，手势也很分明地饮酒，在南方是没有的。

哈尔滨还有些灰色的楼房，在那里算是很高了，屏风般列在一起，前面便是空空的黄沙地，楼房的外墙上，宛如鹰架，构着黑铁的露天扶梯，曲曲折折，好像很幸福，晾满衣裳，飘得很厉害，使我想起"米兰"，后来在米兰并没看到与之类同的景象，何以哈尔滨的曲曲折折的黑铁露天扶梯使我想起米兰……

一公升啤酒，味似马尿，其实谁能说出马尿是怎样的，而且半公升入肚，饥饿已止，蓦然惊喜，木窗外，堆着污秽杂物，毕竟有空隙，风吹进来，小的，碎的凉风，也一丝丝，一阵阵，坐在这里是可以的，风这样吹我，有风这样吹，我能坐下去，喝下去，刚来时就是这样的，感觉不到罢了，幸亏听顺那女人的谏言，饿已止，汗将收尽，青蛙的腿不必啃，连骨嚼就是，有咸的肉味，油炸的焦香，污秽的杂物的空隙，不止一块手掌般大的蓝天，另有更小的三角、菱形、好几块蓝天，风是这样吹进来——所以我坐在苏佛克郡的小城酒吧中，烟雾醇气弥漫，我能比三十年前沦落哈尔滨时要老练镇定得多了，可以取代那个中国北方的少妇而为别人示范、进谏。

文学也是这样，很闷人，一个字一个字的聚合物……尤其在儿时，翻到全是字的书，心想，这种全是污黑的字的东西，永远不喜欢，但是昨天巴士海峡来的越洋电话说：

"您的文集编校完了，将正式付印，发现缺一篇序言。"

"非要序言不可吗。"

"文集是幢房子，序言是扇门！"

我笑道：

"序言写到一半，明天可以寄出。"

文学是由一个个字串成一行行排成一段段的手工制品，我的写作尤其污秽杂乱不堪——啤酒喝到半公升之后，才发觉得有小的碎的凉风从几个空隙中吹进来，除了最先看到的一块手掌般大的蓝天，还有更小的三角形菱形的好几块，北方干旱的夏日的晴空，明净的淡青，近似婴儿的眼白，在污秽的黑而乱的杂物堆之外——我自己不忧愁，自己已经有些像曲曲折折的露天铁梯那种幸福的样子，别人是否知道门楣挂有褪色的纸球的就是酒店，是否肯屈尊坐落在临窗的小板桌之一边，是否愿向那独自抽烟呷酒扯烙饼的女人借鉴——污秽杂乱的文字，总也有不期然而然的空隙，容或青穹可露，凉飔可逸……写作者和阅读者是一个人，怎会是两个人呢，是一个人。

我想，常想，暂别用字堆成的文学，暂别用文学堆成的生活，真的结束孽缘，我自由了，海浴，风帆，垂钓，滑浪，高尔夫球，网球，音乐节，初到Aldeburgh的三天，这可明显，"马尿啤酒和青蛙焦尸"的噩梦远去了，桌上是英国之国食Fish and Chips，炸鱼的块儿大，鲜美热辣，伴随的薯条照例是松软的——海浴、风帆、垂钓、滑浪、高尔夫球、网球、音乐节，一天天过了十天，呆住——炸鱼和薯条下咽迟迟，其他的海味总是海味，不再混在烟雾醇气弥漫的酒吧。所称灯光柔媚，音响幽雅的餐厅，待不了一小时——我会死在苏佛克郡的。

夏夕渔村，空气清新，驶车回伦敦，伦敦也非长住久安之地……不会再去苏佛克，不会再去哈尔滨，也不会什么地方都不去了。

那巴士海峡来的越洋电话真有趣，房子必要有门，如果是废墟呢，就不要门了——最聪明的人是一上来就造个废墟，至今未见有此种心肠和胆魄出现。也并不难，是怕人抱怨。

Aldeburgh 这种小城是不可抱怨的，每年几次音乐节，有手工艺精品店，独件的，刻上艺术家的姓名，修道院里的石雕很古很古，田野里风车转得你微笑、心酸，人都有一些忘不了的事。

哈尔滨何尝可以完全抱怨呢，松花江对面是太阳岛，"道里"的一条繁华的街上，有白俄罗斯商贾开的"斯陶俩尔"皮货店，夏天也不歇业，满堂屋毛茸茸的。一侧玻璃柜中罗列不少古典饰物，我看中某支观赏歌剧时用的"单罩"，即有长柄的独片望远镜，还有可爱的。江畔的大阳伞下，老人瞑目端坐，娟娟少女斜签着捧书朗读，前面是一望无际的松花江，男性气概的熏风吹得畅洋，使我既羡慕那位老的，也羡慕那位少的，更羡慕那本被捧着的书，如果一旦是我写的书，那么再羡慕什么呢，羡慕那个开始动手就造出废墟的人，如果没有那种人的呢，那么我羡慕苏佛克郡的渔民，用机动船作业，清闲得多了，渔民的目的物是鱼，不是书。

卖翅膀的天使

又坐在白漆细梗的铁椅上。

这条街两边都以卖咖啡为业，老板皆意大利移民，便称作小意大利街。

每次在中国城午餐后，几个人还不想散：

"上哪儿呢？"

"仍旧小意大利吧。"

从来不记招牌，好歹总是咖啡馆，有一家标着"花园开放"，实系后院露天座，几枝瘦瘦的乔木，四面耸立高楼的砖墙，是接邻建筑物的侧面或背面，有窗户也小而简单的，顺着砖墙朝上望，天空很有限的一方块，所以这里只好算天井，树不容易长大，树边竖起蓝白的遮阳伞，荫着或方或圆的薄板桌，每桌配四把小椅，墙脚杂草丛中置长排盆花，零零落落，不供观赏供同情，令人一瞥而谅解这里到底不是意大利呀，更要宽恕嵌在左墙上的镜子，它像普通的门那样的尺寸，及地，意思是那厢还有花园，此乃商场惯技，镜子可以使水果蔬菜猛然增一倍，而咖啡馆的后天井也出此下策，实在没志气，不过还得推究这里是纽约，时届二十世纪末，经济低迷的年月居中国城而要赚钱，下策自然即是上策了，靴形的老意大利毋庸任其咎，谁知道这家的老板是什么血族的，也许又叫霍塞（在格林尼治村亦多的是霍塞），老板很能变花样，有时几段希腊断柱，士敏土浇制的，横在墙角，伪装悲凉，有时院底的堆栈之侧，贴出一个恺撒，石雕恺撒的照片印放得比真人还大，虽然隔着树枝，影影绰绰，总归是纸恺撒，霍塞老板不仅下策，俨然失策了，且看风吹雨打，上半截脱胶，恺撒折腰前扑，霍塞自己瞧着也不像话，撕掉——撕掉之后，倒使人想起曾经有这回事。

几个人到这里来闲聊，话是不会有好话的，四面高墙，世界落在外面，讽嘲、咒诅，多作也乏味，一个人，除非过早夭折，否则到头来难免要被逼得颓废，颓废有两种，一是混颓废，一是清颓废，中国传统之所以成为优势，乃在于代代相授到了近乎生而知之。寒素比富艳颓废，户外比室内颓废，阳刚比阴柔颓废，色度比色彩颓废，等等。

墙的灰砖蒙着藓苔，隙缝间长出一蓬蓬蔓草，朝东的墙披着茂盛的薜荔，天井，乍看总有死寂感，稍过一会便知由于阳光移照，角度的变化使天井徐徐转换氛围，氛围就是心情，颇像中古人的心情，微明微暗，始终从容，这样地你过了你的一生，我过了我的一生，说多不多说少不少。

"健康是一种麻木。"

"从前的人，饮酒、服药、调弄声色，那些忘忧的法门对我已经无效，唯有健康，健康得好像没有这副头颅身体，才安顿了自己。"

"我也甘愿输给我的健康，伸个酸甜的懒腰，胸脯沉甸甸，股肉发胀，手心脚底微微沁汗，觉得这蠢货尚可逭在天地间，岂不就是度量恢弘。"

"生命与健康是同义词，生命，只对外界的非生命而言，健康，纯粹是内在的、个体的、自足而抽象的，所以保罗说，看得见的一切被看不见的一切统摄着。"

"所以我再三说'思想'是反生命克生命的，上帝对它本身的荒谬，讳莫如深，生命的出现，使上帝不安，预告它（生命）将要评骘它（上帝），为了免于无谓的涉讼，上帝先下手规定生命十足健康，不健康就趋向死亡，如此，生命健康，它就麻木，就无能评骘上帝，植物动物便全然受制于这项律令，凡愈冥顽不灵者，必愈健康长寿，而作为生命的人（作为人的生命）：群体而言，总是健康的，单个而言，每有一时健康一时病弱的现象，在病弱期间，他思想了，还用文字写成比思想更尖酸刻薄的书，使另一些虽然处于麻木中的人，读起来也会惊叹，认同——生命是这样地有了文化。"

"上帝就束手无策么？"

"有策，文化会发展，发展为畸形，通俗文化是畸形文化，是畸形文化的最大的一宗，这样，生命便又注定消亡在愈来愈畸形（愈通俗）的文化中。"

四面高墙的"花园"暗下来，东墙上有一片斜角的夕照，方框的天空绀蓝酡红，几缕被切割的晚霞在舒欠飘浮，树枝上的花饰小电珠霎然亮起，才看清每张桌边坐满了男的男女的女，我们这几个也没有说要散，添茶，苏打水，卡布其诺，西西里红豆派。

"在皇后区的街上，常常遇到俄国人，我是指新移民，想和他们谈谈，后来还是找年轻的先问，他们的目光是直直的。"

"你觉得美国怎么样？"

"好。"

"是什么好呢？"

"吃的东西多。"

"还有呢？"

"我说了，吃的，多。"

不仅是年纪轻的，他们中年一辈，老年一辈，都内伤惨酷，而且见形于外，脸色眼神举动，都使人一望便知。

"前次霍洛维茨归国，一曲舒曼的《童年回忆》，满场听众泫然欲泣，那中年男子，泪水慢慢渗出眼角，流下虚肿的面颊。这是应得有个说词的，'苏维埃的脸上，流下俄罗斯的眼泪'（当时还是'苏联'），意识形态的重伤号还在挨饿，即使好容易有了土豆加牛肉，土豆加牛肉不是心灵之药，然而，比之中国，还是那里的文学家中有好样儿的，良知依稀而未泯，普希金传统音容宛在，这里是，继迷茫的一代之后，来的是全无心肝的一代，再之后，想像力所莫及，除非去推理，桃子烂了，烂到快要坠地的时候，忽然完整地红熟芬芳起来，但愿有这样的事。"

"在一次晚会上，我认识了伊凡·伊凡尼奇·拉普金，妻子女儿颇有斯拉夫族的风情气质，他们刚刚到美国，多好的美国电影都只闻其名，邀请他们来我家看录影带，他们很高兴地答应了，我还约略透露想为母女俩画像的诚意，后来，他们没践约，也没电话。"

"他们是对的，自尊心使他们为难。"

"巴黎如何？"

"不值一个弥撒了。"

"姑且谈谈。"

"可以谈……八年前，巴黎是一万两千家咖啡馆，我走的那一夜，只有五千家了，反正每天有两家关门，意思是七年之后，统统关掉，巴黎有塞纳河，没有咖啡馆。"

"《巴黎无咖啡》，很好的小说名字。"

"记得我在法国时，全国有五十万家咖啡馆。"

"还剩下七万两千家，老板们大惑不解，感叹太不法兰西，谁有闲工夫呢，全世界都忙，那是一种偷不出闲的忙。"

"Malranx 的判断原应算是语重心长，其实是赌气话，言中坏的一半。"

"戴高乐时候的文化部部长么？"

"是，他曾说‘二十一世纪要么是精神的世纪，要么就不存在’，十九世纪也期望二十世纪是精神的世纪呀，绝不是现在这个倒霉样子，法兰西是最爱读书的国家，也都在那里呆看电视，难怪好莱坞的武打明星会成为法兰西国宾，授奖设宴，备受礼遇。"

"如果迪斯尼花了大钱去勾引法国人，倒也是一句话，没有呀，没有多少广告费，不仅法国，整个欧洲蠢蠢而动了，门票、旅馆都比美国贵，夏令一季迅速订完，那迪斯尼乐园离巴黎很近，二十英里，可见法国当局对通俗文化的兴会之高，态度之殷勤。"

"西方文化衰落，是命，可以比赛的是谁衰落得慢，衰落得有款式，在想像中，在理解上，应是法兰西衰落得最飘逸，款式最哀婉，甚或临终还有天鹅之歌，死了，也是不僵的，现在看来，从近年看来，我们错，我们糊涂，法国文化不是衰落，乃是堕落，衰，是势，是规律，是倾向，而堕，是自暴自弃，没有什么外来压力逼使法国这样那样去做，可是法国自贱，置'精神性'于不顾，我的感觉是法国好像没有法国人了，俄国诗人有叹'在俄国，俄国已失去了俄国'，法国诗人不叹'在法国，法国已失去了法国'吗，法国没有诗人了吗？"

"美国文化以通俗性、娱乐性、科技性，征服了世界，对于开发中的国家，哪怕是曾经有过高度文化的古国，也抵挡不住这通俗娱乐科技三性作用之为烈，东欧国家更饥不择食，拿来就吃，希望但看欧洲，欧洲但看法国、法国但看巴黎，可是巴黎的老人、中年青年人都到哪里去了，二次大战初起，法国一上来就防线溃散，全军投降，当时举世哗笑，到底只靠香水、时装、白兰地是不行的，这次，可没有动武力，不过是米老鼠，一进欧洲，法国率先投降，如此武、文两次投降，真使法兰西三色国旗一片模糊，《西方之衰落》，以为言重了，庸讵知来的不是衰落而是堕落，要么只好分开来，世界上有两个法国，一个是从前的法国，一个是与从前的法国不相干的现在的法国。"

"条条大路通凯旋门，把凯旋门拆掉，改建迪斯尼乐园，法国人说'不好'，为什么不好，离巴黎二十英里就好了吗？"

"'过度——是取得智慧的方法'，你带领一批艺术家，以改建迪斯尼乐园的名义，去拆毁凯旋门，这就形成又一次法国大革命，至少也是一次新的启蒙运动。"

已是初夜，卖艺的老丐总是这个时分登场，一身水手服，白帽歪歪，行个海军礼，然后撩拨吉他，唱那不勒斯旧情歌，他的可怕不在于形与声的牵强附会，而是勿知从哪里的伎俩，一边唱一边将混浊的目光投在你的眸子上，十分甜腻专注，很多人就违避不了，只好呆呆地回望着他，一曲歌罢，你怎好意思无所表示，和善脆弱的夫人，几乎中魔似的慑服于那假水手的凝视，应和着他的表情，临了才觉悟自己该掏钱包。

卖唱的是意大利人吗？曾经当过水手吗？大概和霍塞老板、士敏土希腊断柱、纸恺撒一样，都是假的。

什么是真的，在俄国，俄国已失去了俄国，在法国，法国已失去了法国。真的。

醉舟之覆

兰波逝世百年祭

> 恶呀，你来作我的善吧。
>
> ——弥尔顿《失乐园》

诗国顽童侪里，兰波整个儿任性。拜伦狂放而文字守格，海涅发乎捣蛋而止于俏皮，马雅可夫斯基本质蛮戆，叶遂宁，被惯坏了的农家子。读其他人的诗，或慕，或怅，或和鸣，或嗔嗤，读罢也就过去，至今仍留三数耿耿于怀，对之廓然若有所负者，马雅可夫斯基、叶遂宁、兰波。亦可说诗天彗星这三颗最熠耀得惨烈，被一己天才所误导的诗人，这种瑰琦的禀赋包括了韶美的形体，霎时间里里外外都是诗，而欺侮凌虐他们的，说起来是时代际遇，其实使他们逢凶不能化吉的却是他们刚愎的心——从三位中选一位，任何一位，或许就可以析示他们与生俱来的共性（可怜的永恒的共性），兰波的一百周年忌辰将临（Arthur Rimbaud，卒于一八九一年十一月十日），欲说兰波，总觉得宜说他的一部散文诗集，《灵光录》（*Illuminations*），尤其是集中五分之一的篇什。

诗是严装，散文诗是便装，便装更率性惬意，是波德莱尔开的风气吧，马拉美宁是散文诗写来比诗愈益绵妍，但兰波不是凑热闹的人，他天生散文诗性格，叫他不写散文诗也不行，写了两集散文诗也还是不行，他要散、强梁迅疾地散完他的生命。

诗人——卓荦通灵，崇高的博识，语言的炼金术。

兰波对"诗人"的名义所作的诠释是中肯的，也快说全了。诗人是实体世界上的精魂，他的诗是灵界消息，实体与纯灵难于沟通，诗人假借韵形塑造意象，使"灵"可闻可见与人亲昵，启人悟思以成欢喜。童心非即诗心，诗人具种种识，其博博在识，博学事小博识体大，学乃知，识乃觉，虽然兰波自己说的是"无比崇高的博学的科学家"，这可以解作他词未达意。（没有见过通灵的科学家，也没有见过"科学诗"或"诗科学"）任何艺术都宿命地有着自始至终的技巧性，技巧出错，一上来就完，"诗"是文字的构成，甚至是非语言的非歌唱的，唯有非歌唱非语言才能一片神行，升华到诗的极峰。兰波所称的"语言的炼金术"，如果说作"语言的魔术"或者更广其义，回答"一个针尖上能站几个天使"易，"一个针尖上能站几个诗人"是更艰深的经院课题，诗的起点和定点倚仗文字的符号魔术，诗人要推辞魔术家的称号必致桂冠堕地。

就这样算水落石出，兰波的本意是：

诗人通灵，淹博，神乎其技。

兰波自己却正苦于与灵界乍畅乍塞，风尘仆仆的一生，尽啮而不及反刍，就此鲠噎住了，搁笔即成绝笔，在此之前，他对付文词用的是悖论、逆说、诡辩，掊乱感觉、意识，诚然激起诸般景观，每当收拾不起来时，状态难免狼抗乖张，不了了之到底是不了。若说要综

171

合芳香、乐音、彩色，这样想想确是快意的（戈蒂耶也想呀，鲜花黄金大理石，何尝如意综合过来）。兰波又说"把思想与思想接通，以引出思想"，他是去践约的，而起动的思想大半是感觉，引出来的不可能是思想，仍然至多是感觉，一引再引，局面就凋疲不堪——何况在诗的王国中，恐怕没有思想家的坐处，因为思想家向来是拒诗人于理想国国门之外的。

兰波惯用的可不是"二律背反"性质的对参，他以字面对峙形相对比，来营造新感觉新境界，容易流于粗疏，满足于表面效应——也许正是这些想法手法，窒碍了上通灵界，诚则灵，不诚呢。即使是二律背反，亦不可能借作诗的方法论，二律背反与其说触及"真理"，不如说触及"极端"，使人明悉处于无所不在的"极端"之间，随时可以碰壁，而兰波的绝望，原因归诸自身，他却以为世界使他绝望，于是缠夹了二十余年，假如他寿长，只会更凄惶，诗人在有诗可写时犹煎熬若此，无诗堪写而一天天一秒秒地活着，那是什么日子，历来的大诗人蒙主召归，在乐园的浓荫下还是写诗，源源不断直到永远，否则乐园成了苦圃。

凡"××主义"，或是词不达意，或是以词害意，象征主义和唯美主义同样是言过其实，实又不能过其言，这样起手就失误，咎由自取得没名堂。唯美，象征……皆为隐私，谜底无论如何不该放在谜面之前。还是很早兰波就自诉找到了他的精神迷乱的性质，且是神圣的，这样，性质既然肯定，就免了他再寻找，至此真的迷乱不可解了。作为一个秉持怀疑精神传统的智者，他太轻信，怀疑的可知性，是从自身出发，遍及万象，又回返自身，而兰波并未回返。

酒神、酒鬼，不仅相异，正是相叛，酒神与日神并立映辉，酒鬼倒毙日光下亦非新事。兰波自道的"精神迷乱的神圣性质"，按当时说，是"实在的性质"，于百年之后的今日言，是"广泛的性质"，而有人将此两种性质论作"兰波的文学的深远影响"，那是泛泛不求甚解，现代诗的模糊颠倒荒谬的普遍调门，非十九世纪象征主义之功之过，可惊叹的是现代诗风的开始，竟是如此之早，兰波的作为，竟是如此之霸，如此之绝。近代艺术的瘴岚戾气，原来发端于十九世纪七十年代，世界还未曾经过两次大战，人性已起了大豁裂，两次

173

大战无疑是人性的致命重创，反过来说，如果人性的内因不变，或者承受得起外界的物质暴力亦未可知。

兰波的文学生涯短促得无需分早期晚期，说他所有的作品是七昼夜写成的也可以（诗六十余首，散文诗两集，断简零札若干），《地狱之一季》有所隐射，太私人性，费力、明明事倍功半，凡审知他与魏尔伦的一段公案者，总能诊断此集的情绪化的弊病。诚如梵莱利所言，"梦与艺术正相反"，《地狱之一季》是出梦，实录的豪夺的梦也是梦，侧写的巧取的梦也仍是梦，故此集难作艺术观。要追踪兰波，便得闯入《彩色版画集》，别人为兰波编的散文诗集。

《灵光录》（*Illuminations*），一个迷宫，苦了近百年来对兰波有兴趣的人，读者犹可临门却步，或中途抽身，而以研究兰波作品为事业的教授学者，如安托万·阿达姆，C.夏德威克，苏珊·贝多纳，蒂博代……那就真是把《彩色版画集》当做神学、气象学、水文、地理来考辨，工程浩繁，可见世界待兰波不薄，比较下，是茨·托多罗夫的观点和方法较为剔透沉稳，到底也不能从没有太多的东西中说出太多的东西来——兰波

174

常会未问先答，他置很多门，叫别人莫叩门，他却在门内坐等：

> 不必重视我的智慧
>
> 正若混沌之可鄙弃
>
> 与你的麻木相比
>
> 我的虚无又算怎么

妙就妙在（不妙就不妙在）兰波这番自白并非真是冲谦练达，而是挑逗，赌气。他们（兰波、马雅可夫斯基、叶遂宁）其实还轮不上被宠，却像被宠娇了的孩子，彗星型的诗人都这样，自恋，自恋狂，犯自恋的情杀案。《彩色版画集》是率性之作，是刻意之作，读难，译更难，退远了看，不失其为寒空耀目的孤星，近而逼视，缭乱纠结不可方物——兰波是谁，什么才是兰波，正在这个集子中，即使不得答复，也会有阵阵回声。这些散文诗，单是目诵是无济的，唯有用笔来撩拨它们，那就不再是移译，亦无论窜改，徒然表明有人曾以此项款式阅览《彩色版画集》中的一些篇章。

用以上的方式解读兰波的散文诗，动机是叵测而可测的——现代的和后现代的诗人群中，颇不乏夸言如何如何一往无前者，那么，请看看兰波，一百多年前写成了的是什么，兰波超越了时代，时代不过是历史的枝节，对于不良的时代，超越了又如何呢。对世界发声，世界是一个没有回音的空谷，面壁与面世何异，可以观可以兴可以悦可以怨的还是"人"，单个的人，墓志铭似的看看他，诗人兰波。

　　他出生于夏尔维勒，属阿登省，法兰西快要与比利时接壤的那里，地理环境对一位诗人真有影响吗，多半可说没有，生理遗传呢，连常人的性格也不决定于种族血统，何况特立独行的畸零者。兰波之父服役于军旅，母亲是农家女。传说兰波刚出世，助产护士去端了温水来要给他洗澡，却见他已从床上爬下，爬到房门口，双目圆睁……情景诚是非常之兰波，即使为了形容一个天才而捏造了这个画面，也捏造得好，兰波一诞生就十足兰波了，这点事迹装在别的诗人身上是不合适的。

　　在夏尔维勒市立中学，兰波受诲于乔治·伊藏巴尔，这位修辞学教师激赏兰波的异禀，爱得忧心忡忡，太不安分的学生将来与世界势难和睦，世界从不谦让，兰波又不知谦让为何物。

象征主义又象征什么。人们惯于闲谈魏尔伦与兰波的聚散，那是他两人的遭遇，何须第三者置喙置评，魏尔伦初见兰波，惊愕他还是个孩子，于是去布鲁塞尔（一八七二年七月），去伦敦（九月），兰波返乡（十二月），越明年，又在伦敦相会（二月），又回法国（四月），又去伦敦（五月），他俩在伦敦过的是流浪者的生活，爱是手掌则恨是手背，拉住这手的是死神，七月十日，在布鲁塞尔，魏尔伦开枪了，开了不止一枪，存心致兰波于死，实际伤了兰波的右腕，住入圣约翰医院，涉讼不可免，一丝残剩的爱念使兰波撤回起诉，很可能兰波是用左手写《地狱之一季》的，这是一本不智的诗集，缪斯女神从来不兼复仇女神，艺术是不受理太私的私事的，兰波自费印了五百册，只取走样书六册，以赠朋侪，其余就弃而不顾，欠款也赖付，十足浪子作风，他继离魏尔伦之后，便离文学，一八七四年去伦敦，从兹永别诗神。

一八七五年去德国斯图加特，经瑞士越阿尔卑斯山到米兰，被里窝那法国领事馆扣押，遣返马赛。

一八七六年去维也纳，被奥地利警方驱逐出境，身无分文，徒步从德国南方到法国，在布鲁塞尔应荷兰外籍军团招募，航海抵爪哇，进入内地——他不喜欢，潜逃。作为苏格兰船上水手，回爱尔兰，经巴黎转夏尔维勒，该是浪子回家？不会的。他不属于家，不属于法国，不属于世界，这都不悲哀，悲哀的有：他不属于自己。

一八七七年——德国不来梅，瑞典斯德哥尔摩，丹麦哥本哈根，意大利罗马。

一八七八年——汉堡，瑞士，地中海，塞浦路斯。

兰波吃什么喝什么，穿戴什么，都来不及想像，只知他一直在动，体格似乎是强健的，脸很英俊，五官与马雅可夫极为相似，而他的行径，像是中了魔法？受了诅咒？如此惶惶不安于任何一种现状。一八八〇年，他在塞浦路斯某工地做领班，因待遇不佳离而赴亚丁，自是年七月始在亚丁一家法国人经营的商行供职，与皮货和咖啡周旋，十二月被商行派往埃塞俄比亚哈拉尔地方分行做理事。至此，他累了？他悟了？他完全失去自己了？怎会一个人在哈拉尔停留十年，如果这十年重又写作，尽管是业余消闲的写作，那会是另一个兰波，或可说是真正的兰波，但他的飘游是无目的无志趣的，为艺术而艺术到头来是艺术，为飘游而飘游到头来什么也不是。希腊神话是一大部无微不至的神话，凡想得到的，都有一位或数位神在那里主宰，天、地、海、风、日、月、酒、爱、战争、文艺、收获、贸易、狩猎……都有神，唯独没有一尊司流浪的神，"神明佑护强者"，神明不佑护流浪者。

兰波薄于名利观念？淡于情爱欲望？对自己的诗漠不关心，人在非洲，诗的声誉在巴黎蒸蒸日上，如果天使把塞纳河畔的声誉带到哈拉尔，兰波也置若罔闻——这种男子是有的，这种男子的第一特征是矫健，其次是丽，再次是多智而寡情，若说他的心灵亦有所交替变换，那是冷淡—冷酷—冷漠……而他的状貌举止却吸引人们的好奇、审美、求知，这种男子是凛冽的自恋者，又不懂如何个恋法，终究沦为透辟的自弃。这种男子一直会有的，在《圣经》中就有，名字叫该隐，后来的哈姆雷特、曼弗雷特，乃至俄罗斯的皮巧林……都是自甘掩脸沉没的超人，终生骚动不安，上下求索，凡得到的都说作他所勿欲得到的，于是信手抛掷，取一种概不在怀的轩昂态度，宠坏了孩子是无救的，不宠而像宠坏了的孩子更无救，他们早熟，注定没有晚成可言，然而他们阳刚、雄媚，望之恰如储君。

兰波说：

"精神上的搏斗和人间的战争一样暴烈。"

兰波有无参与人间战争，那不重要，在精神上，他为时不长的阅历，经过何种"搏斗"？与什么强敌抗衡？希腊的？希伯来的？都不是他的亲仇，像兰波那样的人，同情悯恤着无庸议，让他去，看他走过，看他折回，又启程——邻家漂亮的坏男孩，当他睡在干草堆上，胸脯均匀起伏，那时，头上真像有一片虹彩光环，可怜的不要人可怜的孩子，同够了尘也和不了光的诗人。

世界小，人类微末，流浪不是专业，骄狂傲岸，倒是把生命认真当做一回事了，单凭双腿走来走去，以取"无比崇高的博识"，怎会是"通灵者"？"语言的炼金术"，当然是个比喻，这句话本身嫌惫赖：炼金术士用"智者之石"并未无中生有得到过黄金，中世纪的炼金术启迪了后世的化学实验，而炼金术士在当时不过是执迷不悟的巫师，或能欺人却不能自欺的江湖骗子。如果说借兰波的诗，可以感知十九世纪七十年代的法国生活气氛，那又是唯物史观文评家的"反映论"作祟，以兰波的自私、自负，他才不在乎一个法国一个世纪一个年代。兰波写过《醉舟》，他便是醉了的舟子，舟也醉了，可惜人饮的和舟浸的都不是狄奥尼索斯的葡萄所酿的醇醴。要么从来不与艺术结缘，既结，再绝之，难免要得到报应，这样的事例时常可以看到，不过没像兰波那么彰显（也有比兰波更彰显的）。兰波最后的死因也是象征性的，没钱雇车搭船，他一步步走，一八九一年二月，右膝肿痛，四月，抬回亚丁，五月抵马赛入医院，不得不截肢，八月，肿瘤扩散，十一月十日，亡。

马拉美重"句法"，兰波重"词汇"，亦有说马拉美是夏娃，兰波是亚当，他以虐待文字为乐，他以碎块来炫耀他可能拥有的形体。令人讶异的是马拉美曲径通幽，从此没见有人寻探，兰波的驿道却被众庶走大了，走得泥泞四溅。令人更讶异的是这些芸芸后生并非知道那是发迹于兰波的路（兰波也以为自己开拓自己行迈，别家休想踏得上）——真是奇怪，真是一点也不奇怪，"诗"的命运，相同于所多玛与蛾摩拉的命运。再一百年后，再有谁悼念兰波，果若用兰波的"词汇"来作述兰波，那将是沙鸣海立溃不成兰波了。

他自诩"全部感官按部就班地失常"，这个"兰波模式"，实证在文学上，即如《彩色版画集》中所见，实证在生活上，一路颠沛流离，都只是忍受而难论享受，要么他是个以忍受为享受的人，又不像，宁是像以享受为忍受的人哩。

（"常"是大宿命，无由失，或者可以"反常"，可以"非常"，反常非常企求更高更新的"常"——"失常"则尚未意识到有更高更新的"常"的存在可能，此时贸然否定"常"，亦就自绝于"反常—非常"的祝福）

血性的而非灵性的兰波。伊卡洛斯搏风直上，逼近太阳，以致灼融羽蜡，失翅陨灭。兰波的天才模式是贴地横飞的伊卡洛斯。

附录 亚瑟·兰波逝世百年祭

聂崇章（巴黎报道）

今年是法国诗人亚瑟·兰波逝世的一百周年。他于一八五四年出生，一八九一年去世，享年三十七岁。他与画家凡·高是同一时代的人，只不过凡·高比他早一年出生，并且早一年去世。兰波与凡·高均是未婚，英年早逝。然而最重要的，乃是他们二人在世时，均名不见经传；但是一旦离开人间，名声却愈来愈响亮。

在法国文化部出版的一本特刊中，安德·吉佑（Andre Guyaux）指出：“兰波的诗作是现代文学中，最离奇、最混杂的。他是叛逆的典型，所有前卫艺术的先声！”

为了纪念兰波，在他的出生地——法国北部的夏尔维勒·梅兹耶（Charleville Mezieres）城中，已建有一座“亚瑟·兰波博物馆”，全年展出他的作品真迹，以及有关他的照片、图画。

为了纪念兰波逝世一百年，法国全境除了有座谈会、音乐会、戏剧表演及雕刻展出外，还特别发行兰波诗集的有声唱片，以及有关他的传记的电影。当然，纪念活动的最高潮，就是位于巴黎市中心的"奥塞博物馆"（Musée d'Orsay），将于本年十月二十二日开始，一直到一九九二年一月中旬，举行一项"亚瑟·兰波作品及行谊专展"。该博物馆隔着塞纳河与罗浮宫博物馆遥遥相望，里面专门展出凡·高、高更等印象派画家作品。该博物馆除了星期一之外，每天均开放。

此外，一项定名为"亚瑟·兰波———一九九一"的国际研讨会，将于本年十一月六日到十日，在法国马赛的"凯耶国家剧院"（Theatre National de la Criee）召开。主要是对"兰波学"的研究现况，交换心得与资讯。而今年十一月二十三日，法兰西学院的"法国文学史讲座"，将举行名称为"兰波及他的时代"的座谈会，其重点在指出，兰波不仅纯为诗人，他还触及他那个时代的事件——如"巴黎公社"；地点——伦敦、布鲁塞尔及非洲；人物——如与他相熟的同期诗人魏尔伦及一些画家；以及文学——他曾崇拜并模仿法国大文豪雨果。该座谈会最后将讨论，在意大利及日本目前已出版的讨论兰波的著作。

兰波的出生地——夏尔维勒·梅兹耶，该地的市政府当局出刊了一种名叫《野性展示》（*Parade Sauvage*）的期刊。而一个叫作"兰波之友"（Amis de Rimbaud）的协会，更出版了一本《不朽的兰波》（*Rimbaud Vivant*）的专集。前述二种册子，都是专门报道全球目前研究兰波的最新发展。而位于巴黎市内的一个叫"绿色客栈"（L'Auberge Yerte）的资料中心，则搜集并交换与研究兰波有关的所有资料。

兰波重要作品及大事年表

一八五四年　十月二十日生在法国北部的夏尔维勒。

一八六四年　进入夏尔维勒中学就读。

一八六八年　以拉丁韵文写信给皇太子。

一八六九年　拉丁文诗 *Jugurtha* 获得龚古尔学院首奖。著名的法文诗《孤儿的礼物》（*Les Etrennes des Orphelins*）也在这一年写成。

一八七〇年　五月，将一系列诗作寄给班维尔（Theodore de Banville），试图发表。八月毕业，获得多项奖赏。

一八七一年　带着《醉舟》（*Le Bateau Ivre*）等新作前往巴黎会见诗人魏尔伦（Paul Verlaine），开始了彼此间奇特的关系。

一八七二年　在伦敦开始写《灵光录》(*Illuminations*)。

一八七三年　在洛赫镇母亲的农庄开始写《地狱之一季》(*Une Saison en Enfer*)。七月与魏尔伦大吵一架后决裂，魏尔伦开枪打伤他的右腕，被判两年徒刑。兰波回洛赫完成《地狱之一季》，十月由布鲁塞尔某印刷商印出，就此封笔。

一八七五年　在德国斯图加特市最后一次见到魏尔伦。

一八七六年　投效荷兰军队，远至巴达维臣，却弃军逃回欧洲。

一八七八——一八八七年　在塞浦路斯、埃及等地从事各种冒险，危险性愈来愈高。

一八八六年　《灵光录》由魏尔伦编纂，首度出书。

一八九一年　右膝生肿瘤，五月回马赛港，在医院动手术截去小腿。返乡陪伴母亲，病情恶化后再到马赛住院，十一月十日去世，得年三十七岁。死后作品陆续出版，在世间的评价愈来愈高。

（白石）

186

法兰西备忘录

科西嘉逃犯

出了港口朝西北，向岛屿内部走去，地势很快高起来，小路在岩下曲折迂回，有时候溪水阻断，涉过后小路又蜿蜒前伸，如此步行三小时，才到大丛林的边缘，因为那港口是梵奇奥，位于科西嘉东南海岸，距离丛林有这么长的路程，而还是叫梵奇奥丛林，在科西嘉，丛林才是牧羊人的故乡，农民为了节省施肥的劳力，往往纵火烧林，就在满积灰烬的沃土上播种，后来也只割麦穗，麦秸弃而不顾，太费事了，第二年土下的树根长出苗来，没几年树高七八尺，各科类混杂，茂密得野山羊也难穿过，逃犯跑进梵奇奥丛林，带一支枪（品质优良的）、弹药（愈多愈好），如果有件连风兜的斗篷（棕黑或灰绿），就可兼作被褥用，牛奶牧羊人会给，可能还给干酪和栗子，除非必须进城增补弹药，否则完全不必想到法院和警探，如果像牧羊人那样当然好，已经成了罪犯而在逃，这样的生活算是最好的了。

牧羊人手提陶罐，牛奶泻在逃犯端着的木碗中，溅溅有声，头顶枝丫上的鸟鸣一片繁唪，春已温馨整个科西嘉岛，地中海之西撒丁尼亚之北，古时候腓尼基人曾在此暴行，木碗里的牛奶没了，陶罐里还有，草叶的清香沁入牛奶，溪水映着天光的蓝，蝴蝶忽高忽低。

保皇党人遗事

屋顶用青砖砌成，坐落市场后面，夹在小路与窄巷之间，巷的尽头是一条河，水腥气随风而来，整所房屋有霉味，因为地板比院子的泥地低了些，夫人每日在前堂里，靠近窗户坐着，草绳编的大圈椅，四周白漆护壁板，桃花心木椅子八张，晴雨表下，钢琴盖上堆着大大小小的匣子，黄色云石路易十五式壁炉两侧，各摆一张锦缎蒙面的高背大椅，壁炉台的陈设是，仿罗马灶神庙的黄铜时钟，细颈的空酒瓶横搁在紫檀架端，里面有艘精致的三桅帆船。

二楼是女主人的宽大卧房，壁纸的淡色花淡得分不清是什么花，挂着男主人的画像，椭圆的内框的左下角显有水迹，十八世纪末年保皇党花花公子的穿戴，这卧房和另外一个小间相连，里面是儿童睡的没有垫褥的床，再过去便是沙龙，关闭着，满是家具杂物，用大布覆盖，再过去是回廊通向书斋，壁橱中的书还是很整齐，纸片零乱一直散到地上，围住乌木书桌，壁面挂的是钢笔画、水彩风景画，奥德兰的版画，美好时光早已消逝。

三楼是仆人的宿舍，只有这扇斜的天窗，望出去一片草地。

达拉斯贡的爱国行为

达拉斯贡仍在老地方，平平安安于葡萄藤中间，满街大太阳，窖室里堆足紫葡萄酒，而且灌溉这块乐土的罗纳河，和从前一样把城市的福相带入海洋，很多壮实的船，怀藏紫葡萄酒驶出去了，绿色百叶窗反射晨光，花圃锄耙匀整，本地民兵穿了新军服沿着渡口操练。

在南方人们最爱音乐，所有的阳台全唱恋歌，媚声落在过路者的头顶上，无论走进哪家店铺，柜台里总有一张吉他在响，药房伙计手里配着方，嘴里哼着夜莺曲、西班牙古琴曲，特拉拉拉拉，一队一队的义勇军组织起来，死亡的兄弟队，那朋神枪手队，罗纳河上的铳手队，颜色正如荞麦地里的野菊花，鸟羽毛，雄鸡尾巴，庞大的帽子，宽得荒唐的腰带，军人都留起胡髭和长须，广场上老远一看，只道是个亚布吕兹山中的强盗，腰刀手枪土耳其弯刀碰得铿锵响，走近一看，原来是收税员贝古拉特，就这样达拉斯贡人都把自己打扮成凶神恶煞，弄得你怕我来我怕你，直到波尔多传达了关于组织国民自卫队的命令，雄鸡毛飞散，各种义勇军融化为一营老实的民兵，大家知道，按照波尔多的命令，国民自卫队应分为两种，机动的自卫队和驻守的自卫队，收税员贝古拉特说，就是野兔和家兔之分，勃拉维达将军把兔子们带到要塞前面的广场上，操练打靶演习狙击、卧倒、起立。达拉斯贡的太太们都来看，就是鲍盖尔的太太们有几次也走过桥来，撑着阳伞，携着蜜饯。

相比之下，宁是早些时的骑术竞赛更热闹，一个阳光普照的星期日，达拉斯贡全城青年，足登浅色软牛皮长统靴，先是挨户募捐，而后在各家的阳台下，腾身上马，手持长钺，揽着缀有蝶结的缰绳，让坐骑左右盘舞，这些骑术协会的先生还要在广场作一次爱国表现，服装是从马赛戏院借来的，金盾银盔、彩球钢铠、绣花锦旗、马的锁子甲，各种绸缎丝绒制品，忽来一阵大风，五光十色飘翻得分外耀眼，骑术协会的会长扮弗朗索瓦一世，最后关头的表情原应是一切都完了，但荣誉永在，可是他的那副神气却像是亲爱的，来就来吧，不过达拉斯贡人不计较这些，所有的眼睛都流出泪水。

其实更早些，也就是药房伙计哼特拉拉拉的时候，一日之间，吉他声和船歌绝响了，我们要拯救法兰西，达拉斯贡人在窗口挥着手帕这样喊，到处都是《马赛曲》，并且一星期两次，大家挤往要塞前的广场上听公学军乐队演唱出征曲，坐了听唱的椅子租价贵得出奇，到后来大家还常说起。

产业革命前夕

这座磨坊位于罗克留斯中心，大路转弯的地方，村上只有一条街，也就是两排破房子，通出大路，极目草地连绵，莫勒尔河边高高的树，绿荫远去远去远入山谷，郁成黛黑那是古省洛林了，越界便属德意志，南向，平原肥沃，篱笆将田地隔成块块，一直铺到天隅，莫勒尔河从卡涅森林流过来，它在树下湍奔了好几里，水中满涵树荫的清凉，七八月最热的日子，罗克留斯也十分幽爽，潺潺之声盈耳，更显得静谧，幽爽和静谧合作着一件事，别的事就不发生。

莫勒尔河还不是清凉的唯一原因，尚有各样的细流在矮树丛中喷逸，那是涌泉，沿着狭窄而多岔的小径，树根旁岩缝间青苔底，都有晶莹的水，坡下牧场长年湿润，高耸的栗树及地处是黑暗的，草坪之陬白杨排成帏幔，枫树植在大路两旁，大路越陌度阡而达坍毁的卡涅城堡，那里的草长得更葱茏，林薮尤其翁茸，正午阳光直射，阴影是靛蓝的，炎气中的草尖亮闪闪，熏风掠过，平静了，又这样掠过来。

　　就在这里磨坊的嘎嘎声添了生趣。它用石灰和木板盖成，它有一半浸在莫勒尔河中，河水在此扩充为澄澈的池。设着闸门，水从几米高处冲下，落在磨坊的轮子上，轮子转动，嘎嘎嘎嘎，它该换了，但新轮子不会那么顺熟，所以桶板铁片铜皮铅条，都用来修补老轮，模样真古怪，浑身青藻绿苔，银色的河水冲击它，它覆满明珠，华丽地转动。

　　磨坊浸在河里的一半像搁浅的船，也因为大部分筑在木桩上，所以水在地板下流，莫勒尔河床有许多洞，可以捉到鳗鱼和大虾，水闸的池在它不被轮子搅出的泡沫弄浑时，能看到成群的肥鱼悠然游泳，靠近那根粗木桩，有旧得将散了的梯通到河面，桩上系着小船，也是木造的走廊，架在轮子上空那是最好看的。

大小窗户形状很不规则，后来增添的短墙、外廊、加高的屋顶，使磨坊有些像劫余的古堡，幸有极为蕃蕤的常春藤，连同其他的攀缘植物，把大小裂缝豁隙全封住，完整的一件绿斗篷。

磨坊朝大路的那面就较为坚实，正门是石砌的，门里院子宽敞，左边凉棚，右边马厩，井旁一棵百年的榆树，浓荫庇住半个院子，尽头起楼，顶层是鸽子房，楼上四扇窗成一排，磨坊主每隔五年要粉刷整个正面，新粉刷好的时候，如果中午有人走过，那炫照使得眼睑眯紧了。

布尔乔亚之式微

天气晴好的日子，一家人清早就上詹弗斯田庄去，田庄的院子呈斜坡，房屋居其中，海还很远，望去然像条黑带，奶棚边的屋里，女佣从提篮中稳重地拿出冷肉片，一家人午餐了，壁纸有几处脱角，穿堂风吹着瑟瑟作响，太太垂头不语，两个孩子也端坐在椅上，等母亲说，唉，玩你们的呀，孩子滑下身来奔跑了，男孩爬仓房捉雀子，又到水塘边丢石片打水漂儿，拾木棍敲大桶，愈敲愈响，女孩给兔子喂菜叶，为采矢车菊而飞跑，快得露出裙内的绣花裤子，黄昏时分从牧场回家，上弦月照亮天的一方，都克河荡漾着薄雾，几头牡牛躺在暗下来的草地中央，静看这四个人走过。

那时候特鲁维尔沙滩很少有人去行海水浴，太太把情况导听清楚，才徇从医生的提议，收拾行李，好像要作长途旅游，这些箱笼放在大车中，头天就运走了，第二天车夫牵来两匹马，一匹配着女鞍，天鹅绒靠背，另一匹的马臀上用大衣卷起来做成座位的样子，路坏得实在不像话，八公里走了整整两小时，马蹄踩下去整个没在泥里，拔出来就得使劲摆动马屁股，要不就遇上车轮压出的深沟，只能跳过才行，一会儿牝马停住不走就不走，只好耐性等它再开步，车夫谈论着这条路两旁的地产主人的故事，也有他自己的意见，这样走走停停说说，一半路程竟然已经过去。

车夫的妻子见是东家太太上门来了，顿时忙忙碌碌，摆上午餐，牛里脊、煎肠、炸鸡块、带泡沫的苹果酒、糖馅蒸饼、酒渍李子，一大套客气话，逝世已久的老爷和老夫人的恩惠也重提起来，这座庄子是个古董，天花板的横梁蛀得厉害，墙壁鬎黑玻璃灰黄，橡木碗树上水壶、碟子、锡汤盆、捕狼的机扣、羊毛大剪，那喷雾器粗笨得使孩子笑个不止。

没有一棵树的下部不长满野菊花，枝上也这里那里的寄生草，累累的果实压垂了树，茅草的屋顶好似一片褐色的厚绒毡，车房塌掉，太太说她会记住这个事，吩咐把马匹再备好，还要半个钟头才到特鲁维尔，穿过安高尔时只得下马步行，是滨海的断崖，下望船只凑泊，走了三分钟便到码头尽处，在金羔羊餐馆稍歇。

新的空气和海水浴，没有多少天孩子和母亲都显见健旺，下午，一家人骑驴去汉克维尔黑岩那边玩玩，小路向上，先是或起或伏的田地，大花园的草坪似的，而后到了半高原，路畔荆棘丛中长着六角枫，枯死的大树丫丫杈杈乱簇在蔚蓝的天空上，坐憩于绿茵，左向多维尔，右向哈弗尔港，前面大海茫茫，太阳照着，母亲取出针线缝制起来，女儿编灯芯草，佣妇专心摘集薰衣用的花朵，儿子只想立刻就走，听到咩咩叫，看不见羊，一只鹰飞得很高很高。

有时候乘船穿过都克河，潮水退落，海胆海星各式贝壳露出来，滩岸望不到尽头，靠陆地那边有沙丘挡着，把滩岸和玛莱隔开，玛莱是辽阔的草地，像跑马场那样，不过开着许多许多花,当一家人回去的时候，隐在小岗斜坡底下的特鲁维尔逐步逐步大起来，整个城镇高高低低的房屋，永远分不开的样子。

最解闷的事是去看渔船归航，过浮标区后，船开始逆风而驶，帆篷下到桅杆的三分之二处，前桅的帆尤其鼓得像个大球，一直开到港口可以停泊的所在，突然抛锚，而后慢慢慢慢靠岸，水手们从船舷扔下百般蹦跳的鲜鱼，车子一辆一辆迎过来，头戴棉布小帽的女人成群拥上，手挽篮子，口唇贴住渔夫的脸，有的放下篮子就紧抱了，四周声音嘈杂，闭着眼接吻，面颊要笑又来不及笑，许多海鸥围飞，与人争鱼，天色很快暗下，回望城厢已见灯火闪烁。

天气太热的日子不出门，阳光从百叶窗缝缝射进，村庄整天沉静，远里修船工匠的锤声，微风吹来柏油的气息。

后　记

曩昔文学家在小说中都不免有"景""物"的描写，为的是衬托"人""事"，读者后来记取的也只是"人"的性格和"事"的情节，那些"景""物"就全不在心上话下。似乎很浪费。

文学当然也像绘画一样可以将别人的东西取来加以变化、重组。（毕加索借委拉斯凯兹的作品而制造出自己的作品，还该两相对照着看才饶兴味）本篇五章，所秉者梅里美、福楼拜、都德、左拉的小说中的某一段，或某两段。方法是，尽可能使"景""物"脱却"人""事"，又尽可能把拟人化的主观性的形容词、动词逐句剔净。于是再加调度、增补，使"景""物"不致附丽于小说。（略如人像画之改为风景静物画）这样就归入散文类了。

同时想起将来有可能出现全部以"景""物"架构的长篇小说，这种小说并非排除"人""事"，而是"人""事"亦作"景""物"观——此项艺术方法论早已不新鲜，在绘画上，一百年前就把"人""事"当风景当静物画，不过中国的近代文学，至今刚学会把

"景""物"强作"人""事"来写，叫作什么"写活了"，叫做什么"形象思维"，这样就不知要拖到哪个世纪才好叙文学的家常。

要说摹仿，上述的四位法国文学家，现在看来，他们都是属于浪漫主义的范畴，这个范畴竟有这样大！很可怕很不幸，如果梅里美、福楼拜不属于这个范畴的话，会更好。而都德、左拉，比较难想像会不属于这个范畴。总之浪漫主义既是这样，不必再费心使之那样。

要说效法，本篇大致与意大利影片《木鞋树》同调，然而影片长，所以好，文学虽不必向电影示弱，本篇在"量"上太见逊了，如果续到三万五万字，或差堪比拟，但又何苦要去与《木鞋树》等"量"而齐观呢。写此"备忘录"是为了临时求一份闲适，近年以来折腾在文字中，被"主见"的表呈累得好疲乏，真想在纯粹的"印象"间休息休息，举例说，贝多芬、瓦格纳，重"主见"，莫扎特、肖邦，重"印象"。那天上午去听也是去看霍洛维茨的最后一次演奏，他情绪甚佳，虽然中途弹坏一小节（其实误触两键），再开始后更见精神了，终局透气，喔喔尖叫，并且告诉大家，今天这个领结是他自己选的，大家都认为真是非常雅致，他又说他太太弹得和他一样好，大家微笑，没有更多的表示。状如忠厚管家的乐队指挥，坐下来问道："您觉得谁的音乐最迷人？"霍洛维茨即答："莫扎特第一，还有肖邦。"（刚才他演奏的是 *Mozart．Piano Concerti NO．23*）——通常总以为"主见"凌驾于"印象"之上，那么霍洛维茨凭他漫长的键盘生涯，自会明悉"印象"比"主见"更高妙，当然需要补充解释：所谓"主见"是指着"固定观念"，所谓"印象"是指着"即兴感应"，漫长的文字生涯也同样能够体识"景"和"物"的"感应"，实在是涵盖着"人"和"事"的"观念"的，在鸟兽的眼里，在上帝的眼里，"人""事"是"景""物"中微乎其微的一则……虽然，能从"人""事"中退出来写写若干"景""物"，诚不失为某种闲适的娱乐，自知是无福多消受的，"主见"性的"观念"又会起哄，孽债远未偿清，这次仅仅得便租了法国十九世纪文学家的船，徜徉一番，度假似的过去了，故名之为"备忘录"（欧陆的年轻一代，对于这些相距百年的"景""物"

谅已概不在怀，那是无可奈何的"人""事"所决定着的呵）。

昨天听到什么写小说又以刻画人物营造故事为时髦，本来又是谁规定不许刻画人物营造故事了呢——最偷懒的危言，是说反话，但出尔反尔得太快，到底不像话。一切太轻许轻信。难怪有些人就什么都不理睬。

狭长雾围

两旁店铺，中间路，长逾二百米，便可被称作街。如果路很宽，那会是大道，道边也开设商号，而呼应不着，只好让路面为主，浓荫的列道树亦无以济。因此街是指由两旁的店铺形成的景致，连绵不断，再过去容或拐弯而有变，多半真的稍转晦隘，稍转明敞，愈善蜿蜒的街愈使人信服、迷惑。

街是窄的，贫的，借以谋生的，街民不觉得窄，不觉得贫，家家隐私具足，谁也不真的要奈何谁，到时候，街的这端的秘辛，五分钟之间传至那端，都知道了，都装作没什么，果然后来也真的没什么。

老城中的街，恧赖地纵横交错，住在其间，走在其间，更不见如何纵横交错。每条街的名称似乎是天命，有以地名名之，有以人名名之，难得有以自身的特性为名，谁是给街定名的人呢，总有这样一个人，无从考知。

长年蛰伏老城，不大会想起了亲朋而行去晤谈，平时，蓦然念及某条街，还是去年初秋匆匆走过，今日春暖如薰，不知它怎么着，去看看它，户外阳光多好，毕竟是一年中有数的良辰。

那街仍是那样子，街的四季感，乍看是漠漠然的，如果会看，细看，又很显著，各家商店总有应时的货品，簇列在惹眼处，虽然不是本店的主角，季节宠幸了它们，俨然一时之冠。古人的温存细腻用在礼仪习俗上，后来，自然指很多的后来，人暴戾粗糙了，仅剩的一点温存细腻用在货物商品上，包装体贴，使用务求灵便，大都会且不论，小地方店铺中的东西，无疑是该区域物质水准之最温存细腻者——快看街吧，它正在消失。

几乎要说街是愈窄愈隽妙，唯其路狭，两旁的房屋真正面对面，譬如这厢朝东，那厢就朝了西，上午下午，明暗更位，说起来总是一条街，街史不会是通史断代史，而只是稗史秽史——荣年、衰年、火灾、兵灾，在此张业生息数十载的人，再猥琐的街，都有几件异闻奇案可讲，一条街至少要出一个傻子，一名恶棍，一位美人。

所以街有眚气、瑞气、淡淡的，淡淡地，笼罩，躁性子的人怎能看得出，而纯然是一望而知。

街是活的，没有废街死街，即使为战争残伤的街，仍有生命孜孜其间，不久似是而非似非而是的重建起来，再过些时日愈来愈像以前的街了，其实是已忘掉早先的样子。

小街比大战强。

会睡，会醒，会沸腾，会懒洋洋。晨曦朦胧，每条小街都很秀气，屋顶屋脊尤其秀气，亦可说清晓的街是只见屋顶屋脊的，随着天光渐亮，窗了，门了，人了，车了……正式的白昼都这样开始，店铺的邻接全无牌理，酒食、邮局、陶瓷、牙医、果蔬、文具、理发、药房、绸布、鞋匠、南北货、钥匙、糕饼糖果、钟表、鱼行肉庄、酱油……都好像城府很深，却又似毫不在乎，一个人的生活要那么多的店来供养还不够哩，没有谁敢说这家店与之永远无关。

春来了，药房檐下，笼里的八哥对着钟表行叫，糕饼铺子盘盘翠绿的糯团热气如烟，棉鞋的木楦收起，刚完工的单鞋搁在门口的斜板上，文具店无端地挂出一面浆硬的新国旗，牙科诊所临街的橱窗，红是红白是白的全副义齿，瓶插杜鹃花，其实牙齿离开口腔就很恐怖。

使小街充满春意的还不是这些，温风中有运河的水腥，油菜花袭人的烈香，潮润的泥土也沁胸，酒坊的糟味使百步之内喜气盎然，房屋高高低低，便有日光一匹一匹倒在街上，行者从明段走入暗段又走入明段……薄的衣衫都算春装，红晕，自己觉着别人看不出的汗，说些门面话，没有一件不实际的事，要发生都发生在附近，小街的艳阳天轻轻易易就此成全，外来的过客是无知的，想停也停不住，一条街是一个拉长了的小国，非常保守而排外，南街与北街就时常互不服气，榨油工人和刨烟工人每每发生械斗。

那么夏季的街就夏得厉害，杂货铺最霸道，扇子、草席、苍蝇拍、纱罩、木拖鞋、蚊虫香，统统摆出来占了街面，新席子的草馨使人简明地想起以前的夏天，一年中首次闻到西瓜的清芳也忽有所悟似的，西瓜是瓜中圣君，黄瓜是忠仆，桃子是美妇人，冬瓜是大管家，丝瓜是好厨娘，樱桃一辈子孩儿气，郁李是紧肉的少年郎，菠萝是戎装的武士，石榴脸难看，笑好看，梅子沉默，杨桃谦逊得像树叶，枇杷依偎着，却是玲珑自私——从暮春至仲夏，街成了瓜果世界，绸布店生意也兴隆，夏季是裸季，裁缝铺反而忙，由于顾客催得急。

夏天的街糟蹋得不成样子，要等西风起，一雨，再雨，勉为其难地炎暑退尽，菱角上市，菱角是很自卫的，菱角为何要这样自卫，柿子很福相，也柿子而已。不过每年的秋天总像是在那里弃邪归正，人们收敛而认真起来，夏是磨难，是耗费，秋俭约，浪子回了家似的，人老些，街老些，秋要深倒是慢的，中间还夹着小阳春，之后才逐日深下来，夕阳照着清仓大拍卖的布幡，有一种萧条的快感，直率的悲凉。

冬令服装应市，流行什么就流行什么，无商量余地，通都大邑中的时髦风尚固然残酷，而小地方的街上，时髦与否，供家求家也很有默契。冬天的街要看它在雪中，在雪后，尤其雪夜，人都不见了，花布的窗幔内有身影移动，路灯黄黄的钝光，照见木杆四周腾旋的雪片，整条街黑上白、白上灰，灰是天空，大雪中行过一条街，往往就独占一条街，有人提着竹丝油纸的灯笼，低头走，两边街沿的积雪映得微红，红过去就不见了，更夫按时巡逻，击柝示警，鸣锣报时，那老者油污龙钟，状如鬼魅。

可惜冬天下雪下大了，所有的街都类同，雪也是很专断的。

放晴，融雪的街真是算了吧，别在融雪的街头约会，即使是次要的约会。

小街的人们，在朝夕相见一览无遗的生活中，能保持几份隐私，是甘腴的。举短短两百米长的街为例，算它五十户，中国标准是五口之家，那么两百五十人光景，其中必有慈母严父贞姑淫娃豪侠宵小智囊饭袋……为什么三百人还不到就复杂得这样，啊，那是比较，比较出来的呀，不比较就一色平凡无奇。他们她们自己也在比较，男人是口上不比，心里比。女人是心里比，口上也比，朝朝暮暮女人肚内的百样事体，告诉一个人，你可千万别漏嘴呵（她的知己，诨名“喇叭”），小街新闻，一派绰号、简称、代名词、双关语微型典故……这种本街方言，诡谲近乎密码，新搬来的人听了也等于白听。正是此一小范围中纷至沓来的因果报应，使人醺然凛然，使人更容易粘糊在一起，更熟练于苛责和宽容，构成了小街上不舍昼夜的如水年华，生活需要亲和坦诚，生活也需要怨怼诓骗，仅乎其一面，日子就淡乏了。现代人暴得一点钱，真是胆小，生怕怨怼诓骗，宁可弃捐亲和坦诚，躲入大楼的某个格子中，自颁终身戒严令，阖家幽囚以终。现代人又把生活和工作分开，一边全是花，一边全是叶，清则清矣，趣则没趣。小街上的人们生于斯，作于斯，卿卿我我，咬牙切齿，送的东西要讨还了，半个月不到又送了东西过去。生活是琐碎的，是琐碎方显得是生、是活——小慷慨、小吝啬、小小盟誓，小小负约，太大了非人性所能挡得起，小街两旁的屋里偶有悬梁或吞金服毒者，但小街上没有悲观主义，人们兴奋忙碌营利繁殖，小街才是上帝心目中的人间。

价值来自偏爱，能与之谈街的人少之又少，兰波（Arthur Rimbaud），他喜欢门的上半部，墙侧的鬼画，街角小店中褪色的糖果，他翻翻画报就可以写诗，是一位逛街的良伴。兰姆（Charles Lamb）脾气佳，兴会浓，他爱伦敦的老街，那是伦敦的老街可爱呀，并没有更要紧的意思。兰姆说：童年的朋友，像童年的衣裳，长大了，就穿不着了——在不再惋惜童年的朋友之后，也只能不再惋惜童年见过的街。

一切价值都是偏爱价值。